Kurz und schmerzvoll

Erotische Geschichten

KIARA SINGER

Bibliografische Information der Deutschen Bibliothek:

Die Deutsche Bibliothek verzeichnet diese Publikation in der Deutschen Nationalbibliographie; detaillierte bibliographische Daten sind im Internet über http://dnb.ddb.de abrufbar.

© 2016 Alle Rechte liegen beim Autor

4., verbesserte Auflage

Herstellung und Verlag: BoD - Books on Demand, Norderstedt

Printed in Germany

ISBN-13: 9783741272011

INHALTSVERZEICHNIS

PARKPLATZ-SCHLAMPE   1

DIE NACHBARIN   17

DER CUCKOLD   47

EROTISCHES BODYBUILDING   65

DER MALER UND SEINE MUSE   91

FRAUENTAUSCH   113

VORBEMERKUNG

Die folgenden Erzählungen sind aus Gesprächen und Interviews, die ich mit verschiedenen Personen aus meinem Bekanntenkreis und Umfeld geführt habe, hervorgegangen. Allerdings habe ich die jeweiligen Schauplätze und Rahmenhandlungen dabei recht stark verändert und auch hier und da ein wenig dazugedichtet. Ferner wurden die einzelnen Handlungsstränge oftmals zeitlich so verdichtet, dass sie sich leicht in zusammenhängende Kurzgeschichten fassen ließen.

PARKPLATZ-SCHLAMPE

Anfangs kam Nick mir noch ganz normal vor. Er war ein sehr aufmerksamer und einfühlsamer Mann; vielleicht ein wenig unscheinbar, jedenfalls keiner, der mir sofort aufgefallen wäre oder dem ich versteckt nachgeschaut hätte. Aber er war irgendwie auch nicht der nette Mann von nebenan, denn dafür wirkte er wiederum eine Spur zu geheimnisvoll.

Wir lernten uns während der Arbeit kennen, und zwar im Rahmen eines größeren Projektes, an dem auch einige wenige externe SAP-Berater beteiligt waren, einer davon Nick. Anfangs beachtete ich ihn kaum; vielleicht ignorierte ich ihn sogar regelrecht. Wir hatten zwangsläufig recht häufig miteinander zutun, denn er war meiner Abteilung, die ich leitete, zugeordnet. Ansonsten war nichts zwischen uns, alles lief ganz professionell und businessmäßig ab.

Bis zu unserem Weihnachtsessen bei einem der bekannteren Edel-Italiener im Westend. Er saß zufällig direkt rechts neben mir. Obwohl: Ganz so zufällig war es nun auch wieder nicht, wie er mir später gestand.

Der Abend war schon etwas weiter vorgerückt und ich entsprechend angeheitert, als ich plötzlich seine Hand auf meinem Oberschenkel spürte, und zwar kein bisschen sachte oder verlegen, sondern richtig fest und bestimmt! Ich versuchte natürlich sofort, mein Bein wegzuziehen, doch er ließ mir keine Chance.

Mir war das in dem Augenblick total peinlich, denn was sollten die anderen von uns denken? Rot anlaufen konnte ich glücklicherweise nicht mehr, dafür hatte ich schon längst viel zu viel Rotwein intus.

Ich spürte, wie er sich langsam zu mir herüberbeugte. Seine Lippen berührten fast meine Ohrläppchen, als er mir leise zuflüsterte:

»Ich habe Lust auf dich. Zu dir oder zu mir?«

Erschrocken schaute ich ihm direkt in die Augen. In dem Moment nahm ich zum ersten Mal das Geheimnisvolle in seinen

Pupillen wahr, das mir zwar einerseits Angst einflößte, mich auf der anderen Seite aber auch neugierig machte. Er sah mich an, als wollte er von mir Besitz ergreifen.

Irritiert richtete ich den Blick auf mein kaum angerührtes Mouse au Chocolat. Ich war so verlegen, dass ich erst einmal zu Ende speisen musste, obwohl ich mir vorher fest geschworen hatte, am Nachtisch nur zu nippen. Doch der Schuft ließ nicht locker! Millimeterweise arbeitete er sich an meinem Oberschenkel empor. Was bildete sich der Typ bloß ein? Ich war schließlich in diesem Projekt seine Vorgesetzte! Energisch schloss ich meine Beine. Doch so war es auch nicht richtig, denn nun steckte seine Hand genau zwischen meinen Schenkeln. Ich konnte sein genüssliches Grinsen förmlich spüren.

In meinem Kopf rotierte es. Bei mir zu Hause sah es gerade aus, wie bei Hempels unterm Sofa. Aber wie hätte ich das auch ahnen können? Mit den meisten Kollegen arbeitete ich schon seit vielen Jahren zusammen. Was sollte an dem Abend schon passieren, zumal sie mich persönlich kaum interessierten? Außerdem war ich in festen Händen! Mein Freund und ich führten zwar nur eine Wochenendbeziehung, da Oliver unter der Woche in München zu tun hatte, aber trotzdem: Fester Freund ist fester Freund!

Ich war hin- und hergerissen. Innerlich machte ich mir längst Vorhaltungen: »Mensch Anna, ist denn auf dich überhaupt kein Verlass? Oliver würde dich bestimmt niemals betrügen!«

Ein weiteres Mal schaute ich in seine undurchdringlichen, grün-braunen Augen. »Okay, zu dir.«

Nick hatte eine top modern eingerichtete Wohnung im fünften Stock eines Jugendstilhauses in Alt-Sachsenhausen. Sie war wirklich sehr schön, zwar nicht besonders groß, aber für eine Einzelperson oder ein kinderloses Paar geradezu ideal. Zusätzlich besaß sie eine Super-Terrasse mit Blick auf die Frankfurter Skyline. Ich war sofort ganz hin und weg. Außerdem war alles blitzsauber, nicht so wie bei mir zu Hause. »Da musste wohl heute noch mal schnell die Putzfrau ran, war also alles genau vorgeplant mit mir«, dachte ich in mich hinein.

PARKPLATZ-SCHLAMPE

Wir tranken beide einen Cappuccino und danach ging es erst einmal unter die Dusche. Zu der Zeit wurde in den Restaurants noch geraucht.

Im Bett erlebte ich meine große Überraschung. Bei Männern nahm ich es nie so extrem genau und ließ häufig auch einmal fünfe gerade sein. Ich bin sicherlich keine Schlampe, aber man könnte mich durchaus als recht erfahren bezeichnen.

Nick war ganz anders als meine bisherigen Partner. Wir hatten nicht wirklich Sex miteinander, jedenfalls nicht so, wie man ihn im Allgemeinen sonst erlebt. Ich wurde gefickt, ganz einfach geradlinig und ohne weitere Umschweife von ihm durchgenudelt.

Ich lag schon im Bett auf dem Rücken, als er sich zu mir gesellte. Sein Schwanz war steil aufgerichtet, ein Kondom darauf abgerollt. Ich erwartete einige intensive Küsse, und dass er mich an meinen Brüsten streichelt und neckt und natürlich daran saugt und knabbert, so wie die meisten Männer das tun. Doch nichts dergleichen. Er drückte mir wortlos meine Beine auseinander und drang ziemlich rücksichtslos in mich ein. Erst bewegte er sich nur ganz langsam und auch sanft in mir, doch in dem Moment, als ich wohl ausreichend begehbar war, ging es so richtig zur Sache.

Klar, er hat mich zwischendurch immer mal wieder geküsst, mir die Brust geknetet und gezwickt, meine Nippel gezwirbelt und gequält und vieles andere gemacht, was Männer im Bett liebend gerne tun. Doch eigentlich war ich nur zum Ficken da. Ihn schien auch nicht zu interessieren, ob ich meinen Spaß dabei hatte und zum Orgasmus kam. Meine Aufgabe bestand ganz offensichtlich nur darin, für ihn hinzuhalten.

Er wirkte sehr gelassen und entspannt, fast professionell dabei. Man hätte meinen können, es habe für ihn noch nie etwas anderes gegeben, als mich zu ficken. Zum ersten Mal verstand ich, was es heißt, von einem Mann genommen zu werden.

Na ja, was soll ich sagen. Er ist ziemlich stark gebaut. Nach einer halben Stunde befand ich mich im Dauerorgasmus. Einige Male flehte ich wohl um Gnade, schlug mit meinen Fäusten um mich, war auch recht laut dabei, doch das interessierte ihn wohl alles nicht. An dem Abend war ich sein Vergnügen und aus.

Als er mit mir fertig war, legte ich meinen Arm um ihn und kuschelte mich ganz eng an seinen Körper. Noch nie zuvor hatte mich ein Mann so wunderbar befriedigt. Ich bewegte meinen Kopf schon bald zu seinem Schwanz herunter, um ihm noch genüsslich einen zu blasen, gewissermaßen als Dankeschön für den grandiosen Fick. Irgendwann ist er dabei auch in meinem Mund gekommen, und ich schluckte sogleich alles gierig herunter. Ich wollte, dass er ganz in mir ist. In dem Moment fühlte ich mich wie im siebten Himmel. Anschließend lagen wir noch eine Zeit lang eng umschlungen beieinander, während eine meiner Hände zugleich an seinem Schwanz spielte. Schon recht bald wuchs er erneut zu voller Größe heran. Es war mir ein Rätsel, wie er das machte.

Etwas später stand er kommentarlos auf, holte ein größeres Kissen herbei, auf das er mich bäuchlings so zurechtlegte, dass ich ihm meinen Po in seiner vollen Schönheit präsentierte. Ich war ein wenig stolz auf meinen Hintern, schließlich gab ich mir im Sportstudio die größte Mühe, Beine und Hüften in guter Form zu halten.

Ich ahnte, was nun kommen würde, doch er sagte keinen Ton. Bis dahin hatte ich noch nicht sehr viel Erfahrung mit Analverkehr. Oliver beispielsweise konnte sich dafür nicht erwärmen, und deshalb verlangte er ihn auch nicht von mir.

Für mich stand an jenem Abend fest, Nick auch in diesem Punkt alles zu gewähren. Er hatte mich längst regelrecht hypnotisiert. Mein ganzer Körper gab nach, als wenn er mir sagen wollte, es sei Nicks absolutes Recht, sich nun auch das von mir zu holen. Leicht presste ich meinen Unterleib, um meine Schließmuskeln zu entspannen.

Ich hörte, wie er eine Kondompackung öffnete, sich den Gummi überstreifte und ihn mit Gleitgel befeuchtete. Im nächsten Augenblick zerriss es mich fast vor Schmerzen, denn er war ohne weitere Vorwarnung und keinen Widerstand duldend in mich eingedrungen. Wie gut, dass ich mich innerlich schon so sehr auf ihn vorbereitet hatte.

PARKPLATZ-SCHLAMPE

Ich atmete erleichtert auf, als er sein Glied fast genauso schnell wieder aus mir herauszog, wie er es hineingeschoben hatte, wohl auch, um meine Schließmuskeln etwas zur Ruhe kommen zu lassen.

Doch all dies währte nicht lange, denn kaum hatte ich mich erneut entspannt, war er schon wieder in mir drin. Genüsslich begann er sein grausames Spiel nun auch in meiner engsten Öffnung zu treiben.

Seinen rechten Arm schob er sachte unter meinen Busen, um sich in aller Ruhe meinen Knospen zu widmen. Mit seiner linken Hand verschloss er mir den Mund. Langsam beugte er sich zu mir hinunter, und ich konnte ihn leise flüstern hören:

»Schrei ruhig, Fickstück. Es wird dir nichts nützen. Aus dir werde ich schon noch eine richtige Frau machen. Aber erst einmal wirst du von mir zugeritten. In ein paar Wochen habe ich dich so weit.«

Natürlich schrie ich so laut ich konnte in seine Hand. Was bildete sich der Typ bloß ein? Auf der Arbeit war ich zurzeit quasi seine Chefin! Wie konnte er sich unterstehen, die Situation so auszunutzen?

Aber da war auch eine ganz andere Reaktion in mir, auf die ich willentlich keinerlei Einfluss hatte: Meine Hüfte schob sich ihm völlig absichtslos noch ein kleines Stück weiter entgegen. Ein Teil seiner Botschaft war nämlich in meinem Unterleib auf äußerstes Wohlgefallen gestoßen: In wenigen Wochen wollte er mich gefügig gemacht haben. Das konnte nur bedeuten, dass ich – wenn es allein nach ihm ginge – auch in den nächsten Tagen und Wochen wieder von ihm gefickt wurde. Und zwar wohl nicht zu knapp!

Leider verstand der Schuft meine Reaktion sogleich korrekt, denn er gab mir ein paar feste Klapse auf meine Pobacken und merkte trocken an: »Ich sehe, wir verstehen uns.«

In den nächsten Wochen wurde ich zu seinem exklusiven Fickstück erzogen. Wann immer er es wollte, war ich zur Stelle und ließ mich nehmen.

Einmal bestellte er mich unmittelbar, bevor er sich auf den Weg zum Flughafen machte, zu sich nach Hause. Er hatte am nächsten Tag etwas in London zu besprechen. Als ich bei ihm eintraf, war er gerade dabei, seine Reisetasche zu packen. Er blickte nur kurz zu mir auf und merkte äußerst verbindlich an: »Zieh dich schon einmal aus und leg dich aufs Bett, damit ich dich noch kurz abficken kann.« Was er dann auch tat.

Als es im Frühsommer draußen wärmer wurde, verlegte er mich mehr und mehr auf seine Terrasse. Vorher bekam ich stets einen Knebel in den Mund geschoben. Beim allerersten Mal muss ich wohl etwas verdutzt dreingeschaut haben, denn er meinte nur knapp: »Du bist zu laut.«

Zwischendurch bekam ich die Schreisperre zwar immer mal wieder abgenommen, allerdings nur, um mich genüsslich in den Mund zu ficken. Meist packte er dabei meinen Schopf fest in beide Hände, um den Kopf von vorn nach hinten und von hinten nach vorn gleiten zu lassen oder ihn für seinen Schwanz zu fixieren, je nachdem, wie es ihn gerade gelüstete.

Doch das wollte ich eigentlich überhaupt nicht erzählen. Dass ein Mann seine Freundin so erzieht, dass er – wann immer er es möchte – mit ihr Sex haben kann, kann ich noch ganz gut nachvollziehen. So etwas kann für beide Seiten sehr reizvoll sein, zumal er dann auch kaum mehr einen Grund hat, sich die süßen Sachen bei anderen zu holen.

Das wirklich Unnormale an Nick lernte ich zum ersten Mal an einem warmen frühsommerlichen Samstagabend kennen. Er hatte mich angerufen und gebeten, meinen Leder-Trenchcoat mitzubringen und Stiefeletten anzuziehen. »Wir werden ausgehen, und spät abends könnte es etwas kühler werden. Ich möchte nicht, dass du dir dabei etwas holst«, waren seine lakonischen Worte. Dann fügte er noch an: »Ach ja, nimm einen deiner Hüte mit.«

Bei ihm zu Hause angekommen, wurde ich alsbald entkleidet, wobei er mir lediglich meinen Schmuck und meine Stiefeletten ließ. Ich kann nicht gerade sagen, dass er mich dabei besonders aufmerksam behandelte, eher so wie eine Barbiepuppe, der man die Kleidchen wechselt. Nachdem die letzten Hüllen gefallen waren, erkundigte er sich nach meinem Parfum. Mit einer flüchtigen Geste wies ich auf meine Handtasche, in der sich stets ein Fläschchen »Obsession« befand. Mir wäre es zum damaligen Zeitpunkt nie in den Sinn gekommen, ihm den freien Zugang zu meinen persönlichen Utensilien zu verwehren, zumal er ohnehin auch in diesem Punkt ein unbedingtes Nutzungsrecht beanspruchte. Für ihn schien meine Handtasche nur ein weiterer Teil von mir zu sein, über den er jederzeit bedingungslos verfügen konnte.

Nachdem er das Fläschchen hervorgekramt hatte, parfümierte er meine Schenkel und meine Scham mit dem Zerstäuber, ebenso die Brüste, die Achselhöhlen, den Hals sowie die Pobacken. Selbst Huren würden wohl dezenter sein, doch ihm schien es zu gefallen, denn zum ersten Mal am Abend huschte ein leises Lächeln über seine Lippen. Er zog mir meinen Trenchcoat über, setzte mir den Hut auf, und dann waren wir so weit. »Lass uns gehen. Wir müssen noch ein ganzes Stück fahren. Deine Lippen kannst du dir im Wagen machen. Es wäre schön, wenn du sie heute richtig leuchtend hinbekommst«, waren seine letzten knappen Anweisungen.

Nick fuhr einen schweren BMW, der so neu war, dass er noch leicht nach Fabrik roch. Ich liebte diesen Duft, denn er erinnerte mich an die erste große Urlaubsreise mit meinen Eltern, die auch in einem nagelneuen Auto begann. Ich schaute ein letztes Mal in den Spiegel: Nun sah ich wirklich gefährlich aus. Mein roter Mund entsprach genau dem Typ Frau, die für Männer bereits für recht wenig Geld zu haben sind. Wie gut, dass mich heute Nacht keiner meiner Kollegen zu Gesicht bekommt, dachte ich in mich hinein.

Ich ließ mich entspannt in den Beifahrersitz zurücksinken, während Nick den Wagen mit hoher Geschwindigkeit über die Autobahn trieb. Insgeheim hoffte ich, gleich wieder in seiner unnachahmlichen Weise gefickt zu werden. Vielleicht wollte er es zur Abwechslung einmal im Freien tun, irgendwo auf einer einsamen Lichtung, wo ich – anders als auf seiner Terrasse – hemmungslos laut werden konnte, wie er es eigentlich liebte.

Ja, das dürfte Sinn machen, sagte ich zu mir. Mit wenigen Handgriffen könnte er mir den Trenchcoat abstreifen und sogleich loslegen. Und wenn uns dann doch jemand störte, wäre ich genauso schnell wieder angezogen, wie er mich vorher ausgezogen hatte. Wir würden ganz einfach woanders hingehen und und genau dort weitermachen, wo wir aufgehört hatten. Ich lächelte leise vor mich hin. »Hoffentlich schaut uns jemand dabei zu«, war einer meiner kühnsten Gedanken.

Nick nahm den Fuß vom Gaspedal und schaltete das rechte Blinklicht ein. »Ich werde auf dem nächsten Parkplatz kurz anhalten.« Zu dem Zeitpunkt war ich noch völlig arglos.

Der Parkplatz war recht gut besucht, was mich ein wenig überraschte, denn schließlich dämmerte es bereits. Nick ließ seinen Wagen ausrollen und stellte ihn schließlich irgendwo zwischen zwei parkenden Autos ab.

»Anna siehst du den Abfallkorb dort drüben? Wirf doch bitte die beiden auf dem Rücksitz liegenden Papiertüten hinein!«, wies er mich freundlich und bestimmt an.

»Na, wenn es weiter nichts ist«, dachte ich und machte mich auf den Weg. Aus irgendeinem Grund fühlte ich mich beobachtet. Aber was sollte es? Ich war korrekt gekleidet. Schließlich konnte niemand ahnen, dass ich unter meinem Trenchcoat keine Kleidung trug. Gut gelaunt entsorgte ich Nicks Tüten und kehrte entspannt und mit den Hüften schwingend zu ihm zurück. Nick hatte in der Zwischenzeit seinen Wagen verlassen und erwartete mich – jeden meiner Schritte genau beobachtend – direkt vor der Beifahrertür. Mit wenigen schnellen Handgriffen entledigte er mich meines Trenchcoats. Ich erschrak. Unwillkürlich versuchte ich meine Blöße zu bedecken, legte einen Arm um meinen Busen, die andere Hand auf meine Scham, doch Nick machte meinen verzweifelten Bemühungen ein rasches Ende. »Lass das!«, entfuhr es ihm mit aller Schärfe. Mit seinen kräftigen Händen drehte er mich an meiner Taille wie ein Spielzeug zum Wagen herum, und dann klatschten auch schon fünf oder sechs mit aller Kraft geschlagene Hände auf meinen Allerwertesten.

Lautlos weinte ich in mich hinein – vor Schmerzen und vor Scham. Aber ihm war es noch nicht genug. Mit einigen wenigen

PARKPLATZ-SCHLAMPE

raschen Bewegungen wendete er mich erneut und öffnete seinen Reißverschluss, aus dem er seinen bereits vollständig erigierten Penis hervorholte, um damit in aller Öffentlichkeit rücksichtslos in mich einzudringen. Ich schaute ihn verzweifelt an, doch seine Augen hatten längst wieder diesen unbeteiligten, fast verächtlichen Glanz angenommen, der mich zwar stets irritierte, andererseits aber auch immer weiter in die Abhängigkeit von ihm brachte. Gnadenlos trieb er sein steifes Glied – einem mechanischen Kolben gleich – in meinen Unterleib hinein.

»Nick, Nick! Bitte! Ich mach' alles, was du willst, nur das jetzt bitte nicht!«, rief ich ihm flehentlich zu.

Seine Augen blickten mich eiskalt an. So schnell, wie er die ganze Aktion begonnen hatte, beendete er sie auch wieder.

»Na, das ist ja mal ein Wort, Anna! Wenigstens meinem Schwanz gehorchst du noch. Aber wie sollte es bei einer Fotze wie dir auch anders sein? Also weiter im Programm!

Anna setz erst einmal deinen Hut wieder auf. Und dann greif dir die auf dem Rücksitz liegende Banane und geh ganz langsam – und wenn ich langsam sage, dann meine ich auch langsam – zum Papierkorb. Dabei schiebst du dir die Banane wie einen Schwanz in den Mund und isst sie Stückchen für Stückchen. Das kannst du doch, oder? Die Schale entsorgst du im Papierkorb, natürlich ebenfalls langsam und mit Stil. Und anschließend kehrst du ganz ganz langsam, genüsslich den zweiten Teil der Banane verspeisend, wieder zu mir zurück. Hast du das verstanden?«

»Ich glaube schon.«

Ein weiterer fester Klaps traf meinen Po. »Ja dann mal los mit dir!«

Ich gab mir die größte Mühe, seinen Wünschen zu genügen, doch meine Selbstsicherheit, die ich noch vor wenigen Minuten besessen hatte, war längst dahin. Aus den Augenwinkeln nahm ich wahr, wie ein Mann nach dem anderen sein Fahrzeug verließ und sich in unsere Richtung begab. Ein Gefühl der Panik breitete sich in mir aus.

Kaum zurückgekehrt schlang ich meine Arme Schutz suchend um Nick. Doch es nützte nichts.

»Komm Anna, mach den Männern eine Freude. Die haben schon lange keine richtige Frau mehr zu sehen und zu fassen bekommen.« Und mit diesen Worten drehte er mich so in Position, dass ich mich ihnen mit allem, was ich zu bieten hatte, präsentierte. Ich erntete augenblicklich sehr viel Zustimmung.

»Mann hat die einen geilen Busch. Endlich mal eine, die unten noch Natur ist. Toller Pelz. Geile Titten«, waren nur einige der Worte, die an meine Ohren drangen.

Bislang hatte ich stets nur meine intimste Stelle rasiert, den Venushügel darüber aber unangetastet gelassen beziehungsweise bestenfalls ein wenig frisiert. Es hatte noch kein Mann von mir verlangt, auch diesen Teil meines Körpers für ihn bloß zu legen. Würde sich Nick dies wünschen, wäre er fünf Minuten später ebenfalls blank.

Mit einer Hand umfasste Nick meine Handgelenke in meinem Rücken und drückte sie in Richtung Schultern und Nacken, sodass er mich ganz leicht vor den Augen meiner Bewunderer hin und her wenden konnte. Einmal verlangte er von mir, meine Beine weit zu spreizen, damit die umstehenden Männer in aller Ruhe meine Vulva betrachten konnten, ein anderes Mal standen meine Brüste oder mein Po im Vordergrund, die ich ebenfalls in allen Details zu präsentieren hatte.

Verzweifelt schaute ich zu Nick auf, doch er schien sich für meine momentanen Gefühle herzlich wenig zu interessieren. Im Gegenteil, er erhöhte die Schwierigkeiten weiter:

»Anna, vorhin fand ich einen Vibrator in deiner Handtasche. Wozu soll der eigentlich gut sein? Ach hol ihn uns doch bitte her.«

Die Männer brachen in ein allgemeines Gelächter aus. Mir hingegen war das alles dermaßen peinlich, und zwar nicht nur, weil die Männer nun wussten, dass ich stets einen Vibrator bei mir trug, sondern weil ich mich zum Überdruss auch noch vor ihnen in das Auto hinunterbeugen musste, um das verlangte Gerät aus meiner Handtasche hervorzuzaubern. Natürlich wurde der ganze Vorgang einmal mehr mit Worten wie »echt starkes Fahrgestell« oder »das Fötzchen scheint mir schon richtig feucht zu sein« kommentiert.

Mit einem ausgesprochen mulmigen Gefühl reichte ich Nick den von ihm gewünschten Gegenstand. Für ihn schien das alles die normalste Sache der Welt zu sein, jedenfalls war ihm absolut nichts anzumerken, als er mir und der versammelten Mannschaft die nächsten Instruktionen gab.

»So Kleine, nun stell dich mal direkt hier vor den Vorderreifen, und zwar die Füße ungefähr auf Reifenbreite auseinander. Du kannst dich dabei ruhig etwas an den Kotflügel anlehnen.«

Doch bevor ich auf seine Worte überhaupt reagieren konnte, hatte er mich schon längst kommentarlos genau in die von ihm beschriebene Position bugsiert. Er winkte einen der Männer herbei.

»Du bist heute der ›Herr der Ritze‹. Hier, nimm den Vibrator. Am besten drehst du ihn bis zum Anschlag auf. Und dann gehst du direkt vor ihr in die Hocke, dort hast du die beste Position und Sicht auf ihre guten Sachen, und schiebst das Ding so über ihren Kitzler und in ihre Fotze rein und raus, dass sie gleich möglichst oft und lange kommt. Ich möchte sie heute noch ein paar Mal schreien hören. Und dann brauche ich noch einen von euch, der ihr dabei an die Titten geht, ja, du da drüben, aber bitte keinen Softi-Kram, denn ihre Nippel können einiges ab. So, und der Rest schaut entweder einfach nur zu, oder betatscht sie zwischendurch da, wo gerade Platz ist. Ich werde die ganze Zeit daneben stehen und mit ihr ein wenig knutschen.«

Nick und ich schauten uns tief in die Augen, während wir uns intensiv küssten. Es war ein wunderbares Erlebnis. Im direkten Blickkontakt mit ihm vergaß ich alles, was uns umgab. Schon nach wenigen Minuten hatte mein ›Herr der Ritze‹ mich zwischen den Beinen zum ersten Mal so weit. Nick löste sich dazu ein wenig von mir, legte mir eine Hand unters Kinn, und dann kam ich auch schon innerlich pulsierend und mit voller Wucht. Genussvoll schaute er mir zu, wie sich meine Lust schreiend vor ihm entlud. Ich weiß nicht mehr, wie oft es war, aber ich dürfte wohl fünf- oder sechsmal auf diese Weise gekommen sein. Dann begannen meine Knie leicht zu vibrieren und Nick beendete das Spiel.

»Ich denke, die Kleine hat erst einmal genug für heute. Lassen wir es also gut sein. Aber vielleicht habt ihr noch Lust, sie anzuspritzen.«

Er legte mir eine Hand fest in meinen Nacken und umfuhr mit seiner anderen Hand meinen Bauchbereich und meine Scham. »Genau hier, direkt auf ihren Bauch oder Busch. Aber jeder nicht mehr als dreimal.«

Eine halbe Stunde später war auch dieser Spuk vorbei. Die noch interessierten Männer hatten sich vielleicht insgesamt fünfzehnmal auf mir entladen, sodass sich nun ihr Sperma in mehreren dicken Strömen langsam seinen Weg an meinen Schamlippen und meinen Ober- und Unterschenkeln entlang bahnte, um schließlich von dort in schweren Tropfen auf den Boden zu fallen. Auch wenn sich Nick diesmal gezielt im Hintergrund hielt, und ich es somit zum ersten Mal an diesem Abend mit den Männern allein zu tun bekam, fiel mir doch ausgerechnet dieser Teil unserer kleinen Parkplatz-Orgie besonders leicht. Dies mag auch an der allgemeinen Wertschätzung gelegen haben, die mir die Männer – für mich gänzlich unerwartet – entgegenbrachten. Speziell mein dunkler, wolliger Naturpelz dicht oberhalb meiner intimsten Stelle schien es ihnen ganz besonders angetan zu haben. Aber auch in Bezug auf meine Brüste und Beine sparten sie nicht mit Lob, ganz anders, als es Nick zu halten pflegte.

Schließlich stand ich wie ein begossener Pudel vor den Männern da. Man hatte mich besudelt und beschämt. Doch damit waren die Peinlichkeiten des Abends noch immer nicht zu Ende, denn Nick hatte noch etwas Weiteres mit mir vor. Gelassen kramte er aus dem Kofferraum einen größeren Wasserbehälter hervor.

»Anna, bevor du einsteigst, müssen wir dich erst sauber kriegen. Nachher verklebst du mir noch meine neuen Sitze, so wie du jetzt ausschaust. Sieh mal her, ich habe hier einen Kanister Wasser, mit dem ich deinen Bauch und deine Fotze gleich ein paar Mal übergießen werde. Ein Stück Intimseife bekommst du auch. Im Kofferraum liegt noch das passende

PARKPLATZ-SCHLAMPE

Handtuch dazu. Stell dich bitte so hin, dass dich die anderen beim Waschen möglichst gut sehen können. Ja, ganz genau so.«

»Aber Nick, kannst mir das wirklich nicht ersparen? Ich schäme mich ganz fürchterlich, wenn mir andere beim Waschen zuschauen, speziell, wenn ich mich unten reinige.«

»Das ist ja gerade das Problem mit dir. Es geht darum, deine Schamgrenzen sukzessive zu erweitern, bis du im wahrsten Sinne des Wortes schamlos bist. Aber bis dahin ist noch ein sehr weiter Weg. Wer wie du von ›unten‹ statt von seiner Fotze spricht, hat noch sehr viel zu lernen. Und nun mach endlich!«

Die Wäsche war schneller getan, als ich es befürchtet hatte. Trotzdem war ich unendlich froh, als ich mich schließlich mit dem schützenden und wärmenden Handtuch abtrocknen konnte.

»Stilechter wäre es natürlich gewesen, dich hier noch öffentlich durchzunudeln. Eigentlich fast ein Vergehen, es bei einer Fotze wie dir nicht zu tun. Aber lass mal. Es ist schon ziemlich spät und ich bekomme langsam Hunger. Und wenn ich mir dich so anschaue, dann denke ich, du erst recht. Was hältst du davon, wenn wir zunächst zu mir fahren – dort springst du noch einmal kurz unter die Dusche und machst dich wieder fein –, und im Anschluss gehen wir zu Paolo's? Der hat bis vier Uhr in der Frühe auf, Zeit genug also. Doch danach will ich dich noch auf meiner Terrasse haben. Kannst du diese Nacht bei mir bleiben, oder musst du morgen schon sehr früh raus?«

Alle Peinlichkeiten und Beschämungen der letzten Stunden waren mit einem Schlag vergessen. »Ja, klar Nick kann ich diese Nacht bei dir bleiben, wenn du das möchtest. Meinst du, ich bin jetzt sauber genug für deine Sitze? Ich würde nämlich gerne so, wie ich bin, neben dir Platz nehmen. Ist das Okay?«

Nick setzte sein frechstes Grinsen auf. »Natürlich ist das Okay. Umso besser, dann habe ich auf der Rückfahrt noch etwas zum Spielen. Ich lege trotzdem sicherheitshalber mal ein Handtuch auf den Sitz, aber aus anderen Gründen als die von dir genannten. Doch Anna, wann hattest du vor, dir den Trenchcoat wieder überzuziehen?«

»Irgendwo in der Frankfurter Innenstadt, jedenfalls mindestens zwei Kreuzungen vor deiner Wohnung.«

»Dann bin ich beruhigt. Ich dachte schon, du hättest vorhin bei dem Wort ›schamlos‹ etwas in den falschen Hals bekommen. Sicher kann man bei euch Frauen ja nie sein: Zunächst benimmt sie sich wie eine Nonne, doch kaum hat man sie flachgelegt, will sie es nur noch auf dem Altar treiben.«

In den darauf folgenden Wochen entwickelten sich unsere Parkplatztreffen mehr und mehr zu einer festen Institution. Wann immer es draußen warm und trocken war, machten wir uns entweder freitags oder samstags auf den Weg dorthin. Irgendwann besaß ich sogar meinen eigenen kleinen Fan-Kreis. Einige nannten mich ihren Parkplatz-Engel. Ich lebte von Mal zu Mal mehr auf und bewegte mich zunehmend ungezwungener vor Ort. Musste ich mich anfänglich noch umständlich vor unserem Wagen waschen, um mich von den obligatorischen Spermaduschen zu säubern, so konnte ich Wochen später die Dusche im Wohnmobil eines Bewunderers nutzen. Es machte mir überhaupt nichts mehr aus, dazu völlig unbekleidet über den halben Parkplatz zu spazieren. In der Tat war ich mit der Zeit beinahe schamlos geworden.

Nick ließ sich stets etwas Neues einfallen, sodass ich mir nie sicher sein konnte, was mich beim nächsten Mal erwartete. Und im August war es schließlich so weit: Ich wurde zum ersten Mal öffentlich von mehreren Männern gefickt. Sie drehten mich mit dem Gesicht zum Fahrzeug, die Hände auf das Dach und beugten meinen Oberkörper leicht nach vorne. Dann drangen sie abwechselnd von hinten in meine Muschi ein.

Während der gesamten Rückfahrt flennte ich im Wagen. Für mich war an dem Abend eine Grenze überschritten worden. Denn was unterschied mich jetzt noch von einer ganz normalen billigen Straßennutte? Obwohl ich mich die ganze Fahrt über redlich bemühte, fiel mir beim besten Willen kein einziger plausibler Grund ein.

Genau diese Grenze schien sich an diesem Abend aber auch für Nick aufgetan zu haben, denn nur wenige Stunden später

PARKPLATZ-SCHLAMPE

fragte er mich zu meiner Überraschung – und auch Freude –, ob ich mir vorstellen könnte, bei ihm einzuziehen.

»Wie stellst du dir denn unser gemeinsames Leben vor?«, fragte ich zunächst noch betont vorsichtig.

Er lächelte. »Nun, du würdest tagsüber deiner Arbeit nachgehen und ich meiner, und abends und am Wochenende wären wir zusammen.«

»Und in dieser Zeit würde ich dir ganz gehören, sehe ich das richtig?«

»Genau.«

»Möglicherweise hätte ich dann also bald zwei Jobs zu bewältigen: morgens in der Firma und abends auf dem Strich. Die klassische Doppelbelastung. Ist ja nichts Neues für uns Frauen!«

»Nein Anna, so würde es nicht laufen. Natürlich kann es dir passieren, dass ich dich auch einmal für Geld ficken lasse. Das wäre dann aber aus einer plötzlichen Laune heraus. Ich selbst stehe nicht sonderlich auf solche Spielchen. Ich mag es mehr, wenn man dich umsonst bekommen kann, wie bei einer richtigen Schlampe halt. Außerdem haben wir das finanziell nicht nötig.

Damit wir uns nicht missverstehen: Ich möchte nicht, dass du mir plötzlich die Wohnung putzt oder die Hemden bügelst, das erledigt bereits meine Haushälterin, die mindestens einmal die Woche kommt, und das soll sich auch nicht ändern. Auch stößt mich jegliche Form übertriebener Bedienung eher ab. Wenn, dann sollte das bei uns auf Gegenseitigkeit beruhen. Ich wünsche mir meine Freundin als eine emanzipierte, selbstständige Frau, die das auch bleiben möchte.

Allerdings gäbe es eine wesentliche Ausnahme.«

»Ich weiß, Nick. Du möchtest, dass ich dir beim Sex bedingungslos gehorche, oder?«

»Ja, Anna, und du hast mir heute bewiesen, dass du dazu auch bereit bist. Du bist so weit gegangen, dass es jetzt eigentlich keinen wirklichen Grund mehr gibt, irgendwo haltzumachen.

Vielleicht lasse ich dich beim nächsten Mal in den Arsch ficken. Deine einzige Sorge sollte es dann sein, den Männern möglichst viel Vergnügen zu bereiten. Kannst du dir ein Leben an meiner Seite vorstellen, bei dem deine sexuellen Erlebnisse nicht mehr in deinem Ermessen liegen?«

Ich lächelte ihn an, schob meine Hand quer über den Tisch und legte sie auf seine. »Wenn du mich anschließend wieder so wie immer fickst ... Du weißt, dass du damit jeglichen Widerstand bei mir brechen kannst, nicht wahr?«

Er ergriff meine Hand und küsste sie. »Okay. Dann lass uns das so machen. Anna, ich weiß, dass du mir längst hörig bist. Es bedeutet mir sehr viel. Ich werde dich nicht mehr loslassen.«

Nick und ich leben seit mehr als einem Jahr zusammen. Meine Arbeit macht mir weiterhin sehr viel Spaß. Letzte Woche wurde mir sogar eine recht verantwortungsvolle Position mit eigenem Budget angeboten. Offenbar ist man mit meinen Leistungen zufrieden.

Auch körperlich hat sich bei mir einiges verändert. An den Brustwarzen und Schamlippen bin ich gepierct und im Intimbereich und auf der linken Brust trage ich zwei sehr hübsche Tattoos. Es mag sich vielleicht komisch anhören, aber auch dadurch hat sich mein Selbstbewusstsein deutlich verbessert. Wenn ich zum Beispiel in meiner Firma auf die Toilette gehe, dann spiele ich manchmal mit meinen Schamlippenpiercings oder ziehe an meinen Nippel-Barbells. Und dann muss ich unwillkürlich lachen: »Wenn die wüssten, mit welcher Schlampe sie es zu tun haben!« Und gleich darauf rausche ich selbstbewusst ins nächste Meeting. Von den Männern macht mir in meinem Job jedenfalls keiner mehr etwas vor!

DIE NACHBARIN

Ich lernte Gabriele vor etwas mehr als einem Jahr kennen. An unsere erste Begegnung – wenige Tage nach meinem Umzug – erinnere ich mich noch so intensiv, als wenn sie erst gestern gewesen wäre.

Seit zwei Tagen hatte ich praktisch nichts anderes getan als packen, schleppen, kramen, ausräumen und putzen. Ich war richtiggehend erschöpft.

»Puuh!« Mit einem kraftlosen Seufzer ließ ich mich aufs Sofa fallen. Endlich standen die Möbel an dem für sie vorgesehenen Platz. »Jetzt erst einmal eine Tasse Kaffee trinken«, schoss es mir durch den Kopf. Gott sei Dank hatte ich die Küchenkartons schon in der Frühe ausgeräumt.

Während die Kaffeemaschine lief, schaute ich zum Fenster hinaus. Erneut schüttelten mich heftige Weinkrämpfe. Es war alles so schrecklich deprimierend! Mit meinen 32 Jahren sollte ich mein Leben doch eigentlich noch vor mir haben. Ich befürchtete, dass es jetzt ewig so weiterginge.

Denn wie sollte ich aus meiner verkorksten Situation jemals wieder herauskommen? Auch schämte ich mich ganz fürchterlich. Ich war praktisch am unteren Ende der sozialen Hierarchie angelangt. Tiefer ging es im Grunde nicht mehr.

Meinen früheren Freunden hatte ich von meiner neuen Bleibe nichts erzählt. Ich wollte nicht, dass sie mich so sehen. Ich war in jeder Hinsicht allein.

Und ich befand mich in einer sehr schweren persönlichen Krise. Fred – mein Mann – und ich hatten einige Jahre zuvor eine Nobelkneipe in der Frankfurter Innenstadt eröffnet und uns hierfür hoch verschuldet. Aber das war es uns wert, zumal uns die Arbeit sehr viel Spaß bereitete. Wie sehr hatte ich die Blicke der Banker auf meine Brüste und Beine genossen, wenn ich in meinen heißen Fummeln durchs Lokal schwebte. Und zunächst lief die Sache auch prächtig an. Doch dann kamen die Börsenkrise, der Zusammenbruch des Neuen Marktes, der Anschlag auf das World Trade Center, und plötzlich ging so gut wie gar nichts mehr. Viele unserer früheren Stammkunden kämpften längst selbst mit dem eigenen wirtschaftlichen Überleben. Wir konnten uns eine Zeit lang noch so gerade eben über Wasser halten, allerdings auch nur deshalb, weil wir schließlich alles selbst machten und kein Personal mehr beschäftigten.

Doch dann ging alles sehr rasch. Fred verschwand von einem Tag auf den anderen mit unserem restlichen Geld, sodass mir nichts anderes übrig blieb, als Konkurs anzumelden. Er hatte mich mit unseren Sorgen und 200.000 € Schulden im Stich gelassen. Natürlich ließ ich mich sogleich beraten, doch was hätte man in der Situation noch tun können? Ich verlor binnen weniger Tage meine Arbeit und mein gesamtes Hab und Gut. Und meine Würde dazu.

Seitdem lebte ich in einem 25-stöckigen Wohnhochhaus in der Frankfurter Peripherie, in dem die meisten Mieter Hartz-4-Empfänger waren, so wie ich auch. Die Flure waren düster und schmuddelig und draußen war es laut und ungemütlich. Meine Wohnung war sehr bescheiden und ziemlich dunkel, denn sie lag im Erdgeschoss. Auch wenn sich das vielleicht etwas sonderbar anhören mag, aber mir gab das ein Gefühl der Sicherheit. Bei einer Wohnung im 18. Stock hätte ich dagegen schon im Fahrstuhl regelmäßig die Panik bekommen.

Ein Geräusch schreckte mich aus meinen Tagträumen auf. An meiner Tür hatte es geklingelt. »Wenn das nicht Mal die Rapper sind, die mich gestern beim Umzug die ganze Zeit genervt haben. Na das kann ja hier noch heiter werden!«, dachte ich fast resigniert.

Im Spion erblickte ich einen bulligen Mann, der unschwer als Postbote auszumachen war. Beruhigt öffnete ich die Tür.

»Entschuldigen Sie, Frau Weber, ich habe ein Eilpaket für ihre Nachbarin Frau Gebhards, die ihnen direkt gegenüber wohnt. Ihr Vormieter hat die Pakete für sie stets angenommen. Würden Sie das auch tun?«

»Wenn es keine Nachnahme ist, und ich nichts zahlen muss, ja natürlich, warum nicht?«, antwortete ich höflich.

DIE NACHBARIN

»Das ist sehr freundlich von Ihnen. Ich werfe Frau Gebhards gleich noch einen Zettel in den Briefkasten. Einen schönen Tag noch.«

Ich legte das Paket direkt neben der Wohnungstüre ab und machte mich wieder auf den Weg in die Küche. Was sollte ich mit dem restlichen Tag anfangen? Mich irgendwo in ein Café setzen und ein Stück Kuchen essen? Dazu hatte ich weder die Lust noch das Geld. Und weitere Umzugskisten auspacken, das wollte ich auch nicht mehr.

Ich entschied mich, unter die Dusche zu springen, denn schließlich war ich aufgrund meiner Umzugsarbeiten ziemlich verschwitzt, zumal ich mir einredete, das heiße Wasser könnte mir in meiner momentanen Stimmung gut tun.

Nachdem ich mich abgetrocknet hatte, warf ich einen wehleidigen Blick in meinen Kleiderschrank. Immerhin hatte ich den größten Teil meiner heißen Fummel vor den Gläubigern retten können. Zärtlich streichelte ich jedes einzelne Teil. Spontan entschied ich mich, eines meiner absoluten Lieblingskleider anzuziehen. Es war ganz in Schwarz gehalten. Ansonsten bestand es im Wesentlichen aus einer Korsage mit darin integrierten Halbschalen, die meine Brüste anhoben. Der darüberliegende seidige Stoff bedeckte den Busen zwar knapp, ließ meine Nippel jedoch recht gut sichtbar durchschimmern, speziell dann, wenn sie mal wieder steil aufgerichtet waren. Im Lokal kam dies ziemlich häufig vor. Meist reichte es bereits, wenn einer meiner Gäste allzu genau bei mir hinzuschauen versuchte. Unterhalb der Korsage schloss sich ein kurzer ausgestellter Rock an. Es war ein wunderbarer Kontrast, der meine Figur so richtig zur Geltung brachte, wie ich fand. Besonders schick sah ich darin in schwarzen halterlosen Strümpfen und der dazu passenden Schminke aus. Ich konnte nicht widerstehen, mich noch einmal wie früher zurechtzumachen. Es musste das volle Programm sein!

Als ich mich schließlich im Spiegel betrachtete, brach es aus mir heraus. Mein ganzer Körper begann zu beben. Die Tränen flossen in Sturzbächen über mein Gesicht, ohne auf die Wimperntusche und das frisch aufgelegte Make-up Rücksicht zu nehmen. Ich warf mich aufs Bett und weinte hemmungslos. Ich war schrecklich allein und verzweifelt.

Ich muss dann irgendwann wohl eingedöst sein, denn ein erneutes Ertönen der Wohnungsklingel riss mich mitten aus dem Tiefschlaf. Ich versuchte mich zunächst zu orientieren und überlegte, wo ich mich befand. Als es erneut klingelte, erinnerte ich mich wieder: Das konnte nur Frau Gebhards sein, deren Paket ich entgegengenommen hatte.

Ich eilte zum Eingang, warf einen kurzen Blick durch den Spion und öffnete die Tür. Vor mir stand eine sehr elegante, etwa 40-jährige Frau, die mich fast um einen Kopf überragte.

»Hallo, ich bin Frau Gebhards, ihre Nachbarin. Ja, wie siehst du denn aus, Liebchen? Hast du geweint? Geht es dir nicht gut? Das Kleid steht dir übrigens ganz entzückend!«

Aufgeregt betaste ich mein Gesicht.

»Oh sorry, es sind vorhin wohl ein paar Tränchen geflossen. Das hat sich aber längst erledigt. Sie wollen sicherlich ihr Paket abholen.«

Mit einer eleganten Bewegung hob ich es vom Boden auf und reichte es ihr.

»Das schon, Liebchen. Aber vielleicht kann ich sonst noch etwas für dich tun, als kleiner Dank für deinen Paketdienst sozusagen. Meist lernt man sich in unserem großen anonymen Haus nie gegenseitig kennen. Hast du Lust, eine Tasse Tee oder Kaffee bei mir zu trinken?«

»Dann müsste ich mich aber erst noch umziehen.«

»Wegen mir nicht, Liebchen. Mir gefällst du so. Und um dein Make-up kümmere ich mich dann. Hm? Was denkst du? Nun hab dich nicht so! Gib dir einen Ruck und lass uns zusammen ein Tässchen Tee trinken. Ja?«

»Einverstanden. Aber einen Augenblick bitte, ich ziehe mir schnell die passenden Schuhe dazu an.«

DIE NACHBARIN

Wenige Minuten später saßen wir auf ihrer Couch und kosteten die ersten Schlucke des frisch aufgegossenen Darjeelingtees. Frau Gebhards war eine sehr interessante und attraktive Frau, die mich von der ersten Sekunde an faszinierte. Auch freute es mich, wie sehr sie sich um mich bemühte. Genau das konnte ich jetzt gut gebrauchen.

»Liebchen, du siehst ganz verschwommen aus. Darf ich ein wenig nach deinem Make-up schauen?«

»Wenn Sie möchten, gerne.«

»Ach komm Liebchen, lass uns ganz normal miteinander reden. Ich heiße Gabriele, du kannst jedoch Gabi zu mir sagen. Und du?«

»Eva«

»Eva! Welch entzückender Name! Das Weib an sich.«

Ich lächelte.

»So Eva, und während ich mich um dein Make-up kümmere, erzählst du mir in aller Ruhe, warum du vorhin so geweint hast? Nur ein paar Tränchen waren das jedenfalls nicht! Das sieht viel eher nach einem richtigen Wolkenbruch aus.«

Eine halbe Stunde später kannte sie meine Lebensgeschichte. Sie schaute mich betroffen an: »Ach Liebchen, da hat man dir aber wirklich etwas angetan. Oh je. In deiner Haut möchte ich jetzt auch nicht stecken.«

Sie hatte ihren Satz noch nicht ganz beendet, da flossen erneut die Tränen in Strömen. Rasch rückte Gabriele an mich heran und umschlang meine Schultern mit ihren langen, weichen Armen: »Stopp, stopp Liebchen! Gerade war alles fein säuberlich repariert. Und nun fängst du schon wieder an!«

Doch es gab kein Halten mehr. Im Gegenteil. Das mir entgegengebrachte Verständnis und ihre Wärme machten alles nur noch schlimmer. Mein Busen bebte, als ich mich schluchzend meiner Verzweiflung hingab. Doch genau in dem Moment spürte ich ihre Lippen auf meinem Mund und dann ihre Zunge, die sich vorwitzig immer tiefer in die Höhle zwischen meinen leicht geöffneten Lippen vorwagte. Eine ihrer

Hände lag in meinen Nacken, die andere arbeitete sich derweil zielstrebig an meinen Schenkeln empor. Schon bald war sie an meiner Vulva angekommen, an der sie sich sogleich mit sanften, kreisenden Bewegungen zu schaffen machte. Ich hatte aufgrund des vorausgegangenen Anprobierens keinen Slip an.

Ich war in dem Augenblick viel zu erschöpft, um ihr irgendwelchen Widerstand entgegenzubringen, und so ließ ich alles mit mir geschehen.

Gabriele war sehr zärtlich, sehr viel zärtlicher als alle Männer, die mich vor ihr hatten, und das waren nicht wenige. Sie schien allerdings auch ganz anders zu können, denn hin und wieder zwickte sie mit ihren manikürten Fingernägeln meine Klitoris und meine Schamlippen, wodurch sich meine ohnehin ständig zunehmende sexuelle Erregung jedes Mal noch ein ganzes Stück steigerte, was ihr ohne Zweifel nicht entging. Schon bald forderte sie mich auf, mich kurz aufzurichten, damit sie mir das Kleid öffnen konnte.

Sie rückte – noch immer vollständig angezogen – bis ganz an die hintere Lehne ihrer Couch und zog mich – nun gänzlich unbekleidet – an sie heran. Während ich mit dem Rücken an sie gelehnt in ihren Armen lag, ließ ich meinen schweren Kopf auf ihre Schultern fallen. In der Folge wechselten sich äußerst zärtliche Phasen mit recht schmerzvollen Momenten ab, bei denen sie sich zunehmend meinen Knospen widmete. Und wenn sie es begehrte, öffnete ich bereitwillig meine Schenkel und ließ sie gewähren.

Liebevoll tasteten sich ihre Lippen durch mein aufgewühltes Haar. »Eva, ich möchte dir so gerne dein Leid nehmen. Und ich glaube, ich weiß auch schon ein wenig, wie. Wärst du bereit, dich probeweise einmal darauf einzulassen?«

Verblüfft wendete ich meinen Kopf und sah sie an. »Gabi, wie meinst du das? Bist du beruflich in der Schuldnerberatung tätig?«

»Nein Liebchen. In Bezug auf deine finanziellen Probleme habe ich zwar auch schon eine vage Idee. Doch darum geht es momentan nicht. Du hast viel grundlegendere Sorgen. Du bist verletzt, und zwar ganz tief in deiner Seele drin.«

DIE NACHBARIN

Das hätte sie nun wahrlich nicht sagen dürfen, denn sofort flossen die Tränen wieder in Strömen. Sie zog mich ganz eng zu sich heran und begann meine Wangen liebevoll mit ihren Lippen zu trocknen.

»Eva, ich weiß, dass ich sehr viel von dir verlange, speziell in deiner aktuellen Situation, aber du müsstest mir einfach vertrauen. Nur soviel vorweg: Ich kann mir sehr gut vorstellen, dass du deine Schmerzen durch Schmerzen loswerden könntest. Wärst du bereit, dich auf ein solches Experiment einzulassen? Es wäre zunächst nur für heute. Morgen würdest du ganz allein darüber entscheiden, ob du den Weg mit mir zusammen weiter fortschreiten möchtest oder eben nicht.«

»Und dabei kann wirklich nichts Schlimmes mit mir passieren?« Ich schaute sie leicht skeptisch von der Seite an.

»Nein Eva, du wärst sicherlich danach sehr erschöpft und würdest bald darauf tief und fest schlafen. Aber ich werde die ganze Zeit penibel genau auf dich achtgeben.«

»Hm, ich weiß auch nicht, woran es liegt, aber irgendetwas tief im Inneren sagt mir, dass ich dir vertrauen kann. Okay, ich bin einverstanden. Aber kann ich die Sache jederzeit abbrechen, wenn mir danach ist?«

»Ja, du schüttelst einfach energisch mit dem Kopf. Oder du sagst klar und deutlich ›Erbarmen‹. Doch bitte mach es dir nicht allzu leicht. Versuch in jedem Fall so weit zu gehen, wie du wirklich kannst. So, Liebchen, und nun geh bitte noch einmal ins Bad, und danach kommst du wieder zu mir zurück. Ja?«

Nachdem Gabriele mir die Augen verbunden hatte, führte sie mich in einen Nebenraum und setzte mich behutsam auf einen recht flachen, ledernen Sitz ab, der sich im Nachhinein als Sklavenstuhl mit integrierter Fickmaschine erwies. Ich hatte meine Beine zunächst sehr weit zu spreizen, damit sie sie in dieser Stellung mit Manschetten an die Stuhlbeine befestigen konnte. Meine Handgelenke verschloss sie gleichfalls in Ledermanschetten, die sie hinter der Stuhllehne verschränkte und fixierte. Um meinen Nacken legte sie ein mit der Rückenlehne des Stuhls verbundenes ledernes Halsband, das mir beinahe jegliche Möglichkeit nahm, mich mit meinem

Oberkörper zu bewegen. Einige Stellen meines Körpers umwickelte sie mit weiteren Bändern, sodass ich schließlich keinerlei Spielraum mehr besaß, mich ihrer Handlungen zu erwehren. Ich war ihr völlig ausgeliefert.

»Manchmal bin ich in meiner Freizeit noch als Domina tätig, aber das Geschäft läuft leider sehr schlecht. Die meisten betuchten Männer gehen lieber in ein Studio oder zu einer frei arbeitenden Kollegin, die mehr zu bieten hat als ich«, erläuterte sie in einem sachlichen Tonfall.

Offenbar hatte mich Gabriele mit ihrer Anmerkung aber nur ablenken wollen, denn während sie noch sprach, legte sie mir behände eine sehr stramme Busenkette an. Der Nippelschmerz setzte so unvermittelt und intensiv sein, dass ich unwillkürlich auf die Zähne biss.

»Das wollte ich wissen, Liebchen. Ich hatte ein wenig befürchtet, du könntest mir hier die Bude zusammenschreien, was allein schon wegen der Nachbarn nicht geht. Dann hätte ich dich nämlich noch zusätzlich knebeln müssen, was aber ganz schön blöd wäre, weil ich dich dann nicht mehr so gut küssen könnte. Aber wie es aussieht, hältst du eine ganze Menge aus.« Ihre Stimme war sachlich, wie die einer guten Ärztin.

Längst hatte sie auf einem Hocker unmittelbar neben mir Platz genommen. Mit unendlicher Sanftheit streichelte sie meinen Körper. Sie ließ kaum eine Stelle aus. Zwischendurch zerrte sie immer wieder an meiner Busenkette. Die mir zugefügten Schmerzen entlockten mir stöhnende Klagelaute, die sie mit ihren Küssen alsbald zum Verstummen brachte. Speziell in solchen Momenten war sie äußerst zärtlich zu mir. Nicht selten umfasste sie meinen Kopf mit beiden Händen und gab mir hierdurch ein Gefühl der vollständigen Geborgenheit. Gleichzeitig drang sie mit ihrer Zunge sanft in meinen Mund ein. Dankbar erwiderte ich ihre Küsse.

Später stand sie auf, um weitere Utensilien herbeizuholen. »Liebchen, es ist nie gut, wenn sich Schmerz zu sehr auf eine Stelle konzentriert, dann hält man ihn nämlich nicht aus. Das ist wie mit dem Schmerz in deiner Seele. Aber auch bei dem, was wir zurzeit tun, würdest du irgendwann Erbarmen rufen, weil dir deine Nippel zu sehr wehtäten. Ich werde dir deshalb weitere

DIE NACHBARIN

Schmerzen zufügen. Die anderen wirst du irgendwann kaum noch spüren. Du wirst sie ausblenden und schließlich vergessen.«

Und mit diesen Worten schlug sie mit äußerster Heftigkeit auf die Innenseiten meiner Oberschenkel ein. Sie schien dazu eine sehr flache Peitsche zu verwenden, denn die Schläge verursachten einen eher breiten, oberflächlichen und dennoch sehr intensiven Schmerz auf meiner Haut. Laut hechelnd rang ich nach Luft. Meine Brüste hoben und senkten sich und mein Herz begann zu rasen. Lediglich ein einziger überraschter Ton war meinen Lippen entkommen, ansonsten war nur das Peitschen und mein intensives Atmen zu vernehmen.

Sie kannte kein Erbarmen. Im nächsten Moment stellte sie sich hinter mich, eine Hand zärtlich an meine Wange gelegt, um von dort energisch auf meine rasierte Scham und den unteren Bauchbereich einzudreschen. Es war ein Gefühl, als könnte sich mein Körper gleich in alle seine Bestandteile auflösen.

Als sie mit der Peitschentortur schließlich fertig war, streichelte sie mit Lippen und Hand zärtlich meine Haare. Allerdings hielt sie gleichzeitig meine Busenkette fest, die sich durch das intensive Auf und Ab meiner Brüste von ganz allein straffte und lockerte. Erst etwa zehn Minuten später erlangte ich mein gewohntes Bewusstsein zurück. Alle meine Muskeln waren zwar entspannt, doch fühlte sich mein Körper ingesamt eher wie eine einzige schmerzende breiige Masse an. Erneut legte sie meinen Kopf in ihre Hände, um mich intensiver küssen zu können. Völlig willenlos ließ ich alles mit mir geschehen und gab mich ihr auch dabei hin.

»Liebchen, erschreck dich bitte nicht, ich werde dir jetzt deine Busenkette abnehmen«, unterbrach sie das Schweigen.

Im nächsten Moment hatte sie es auch schon getan. Der plötzliche Schmerz war so intensiv, dass ich zum ersten Mal laut und deutlich aufschrie. Die Laute kamen aus mir heraus, ohne dass ich sie in irgendeiner Weise hätte aufhalten können. Gabriele versuchte zwar noch verzweifelt, mir meinen Mund zu schließen, doch auch ihre Hand vermochte den Schrei kaum zu dämpfen.

»Entschuldigung Gabi, entschuldige bitte«, waren die ersten normalen Worte, die ich von mir geben konnte.

»Macht nichts, Eva, einmal ist keinmal«, beruhigte sie mich. »Aber ein weiteres Mal darf uns das heute nicht passieren, sonst stehen gleich die Bullen vor der Tür.«

In den folgenden Minuten widmete Gabriele sich vorrangig meinen sich nur langsam erholenden Knospen. Zunächst umfuhr sie sie zärtlich mit der flachen Hand, dann neckte sie sie sanft mit ihren Daumen, streckte sie zwischen ihren Fingern und umkreiste sie mit den Fingerkuppen. Schließlich saugte sie voller Leidenschaft daran. Ihr Spiel erregte mich so sehr, dass sich meine Atmung schon bald wieder intensivierte, und ich mich auf meinen ersten Höhepunkt zubewegte.

Doch genau das ließ sie nicht zu.

»Sehr schön, Liebchen, doch jetzt noch nicht. Du scheinst zu den Frauen zu gehören, die man bereits durch eine Reizung ihrer Brustwarzen bis nahe an den Höhepunkt bringen kann. Vielen Männern gefällt das. Mir übrigens auch.«

Ich war damals viel zu erschöpft, um ihren Worten eine besondere Bedeutung beizumessen.

»Eva, ich möchte dir noch eine weitere Behandlung zukommen lassen. Du bist, wie du geschildert hast, seelisch sehr verletzt. Hast du dich einmal mit Homöopathie beschäftigt? Wenn nicht, dann erkläre ich dir das Prinzip kurz: Die Patienten bekommen winzigste Gaben eines Stoffes verabreicht, der normalerweise die gleichen Symptome hervorruft, unter denen sie leiden. Das führt zu einer körperlichen Gegenreaktion, zu einer Stimulierung des Immunsystems, und der Körper kann sich selbst heilen. Ich werde es bei dir im Grunde genauso tun, nämlich dich mit feinen Nadeln leicht verletzen. Du musst keine Angst haben, Liebchen, ich bin eine ausgebildete Krankenschwester, kenne mich in Hygiene perfekt aus und weiß im Übrigen genau, was ich tue. Und keine Sorge, ich werde nur sichere Stellen und bestimmte Meridiane nadeln, und zwar auf deinen Ober- und Unterarmen, deinen Oberschenkeln und den Muskeln oberhalb deiner Brüste, das wäre schon alles. Wenn du so willst, werde ich dich gleich homöopathisch behandeln,

DIE NACHBARIN

indem ich ganz leicht deine Haut verletze, damit du deine seelischen Verletzungen besser verarbeiten kannst.« Erneut sprach sie so sachlich wie eine Ärztin.

Gabriele setzte die Nadeln sehr gewissenhaft und professionell an. Trotzdem empfand ich die Behandlung insgesamt als äußerst anstrengend. Hinzu kamen Gefühle der Hilflosigkeit und des Ausgeliefertseins, auch wenn ich ihr mittlerweile sehr vertraute. Sie ließ mich vielleicht dreißig Minuten im genadelten Zustand verweilen. Während der ganzen Zeit streichelte sie zärtlich meine Haare. Danach gestand sie mir eine kleine Pause von etwa fünfzehn Minuten zu, in der sie lediglich meine Brüste stimulierte, meine Lippen mit sanften Küssen bedeckte oder auf andere Weise zärtlich zu mir war. Hin und wieder zwickte sie neckend meine Klitoris. Ich antwortete mit einem leisen und wohligen Stöhnen. In solchen Momenten fühlte ich mich sehr stark zu ihr hingezogen. Ich war drauf und dran, mich geradewegs in sie zu verlieben. Als sie mit ihrer Zunge einmal mehr in meinen Mund vorzudringen versuchte, rundete ich meine Lippen spontan so bereitwillig für sie, dass sie es als mein Einverständnis werten musste, alles, was sie verlangte, mit mir machen zu dürfen.

Erneut bewegte ich mich auf einen Orgasmus zu, denn sie verstand es meisterhaft, meine Nippel zu stimulieren. Doch just in diesem Augenblick beendete sie die Behandlungspause.

»Liebchen, ich muss dich leider wieder einmal unterbrechen, denn es würde dir nicht gut tun, während der Schmerzbehandlung zu kommen. Danach wärst du viel zu empfindlich«, dozierte sie. Unbeirrt fuhr sie fort. »Und genau das ist jetzt mein Problem, denn ich habe vor, dich von der Fickmaschine, die sich unterhalb deiner Sitzfläche befindet, intensiv rannehmen zu lassen. Aber auch dabei wirst du nicht kommen dürfen. Das würde dir deine gesamte Erregung und Spannung nehmen. Deshalb werde ich deine Klitoris zunächst mit einem Lidocain-Pumpspray einsprühen. Nach etwa einer halben Stunde dürfte sie vollständig betäubt sein. In der Zwischenzeit werde ich deinen Kitzler und auch den Teil deiner Schamlippen, den ich von hier bequem erreichen kann, einer Elektrostimulation unterziehen. Das wird anfänglich sehr schmerzhaft sein, mit zunehmender Wirkung des Lidocains wirst du jedoch immer weniger spüren. Und auf deine Knospen setze ich derweil Nippelpumpen, sodass sie in der nächsten halben Stunde etwas heranreifen können. Ich mag es, wenn Frauen große, griffige Nippel besitzen, die einen regelrecht einladend anlachen. Mit ihnen sollten wir uns in den nächsten Tagen einmal ganz separat beschäftigen. Ich kann dir zeigen, wie man sie dauerhaft vergrößert.

Die Elektrostimulation der Genitalien gehört zu meinen Lieblingspraktiken, allerdings bevorzuge ich die liegende Position, weil mir dann der gesamte Intimbereich des Opfers frei zugänglich ist. Für mich gibt es nichts Schöneres, als einer Frau auf diese Weise die Klitoris und ihre Schamlippen zu behandeln und zu sehen, wie sie sich vor Schmerzen windet, wie ich ihr Lustzentrum überreize und wie sie sich mir hingeben muss. Wir werden das ein anderes Mal miteinander tun. Ich freue mich schon sehr darauf.

Ach ja, sicherheitshalber bekommst du diesmal einen Knebel angelegt.«

Sie hatte mit ihrer Einschätzung richtig gelegen, denn ihre Elektrobehandlung meiner Klitoris war anfänglich so schmerzhaft, dass ich fast besinnungslos in meinen Knebel hineinschrie. Doch mit der Zeit wurde es tatsächlich besser. Das Lidocain schien sukzessive seine Wirkung zu entfalten. Es konnte die Schmerzen zwar nicht ganz unterbinden, jedoch zum allergrößten Teil.

Gabrieles ganz spezielle Freude an solche Praktiken zeigte sich auch in ihrem begleitenden Verhalten, denn zum ersten Mal an diesem Abend gab sie einen Teil ihrer innersten Gefühle preis. Offenbar hatte ihre Vorliebe für solche Techniken sehr viel mit einer früheren Beziehung zu einer anderen Frau zu tun. Denn sie erzählte mir, dass sie vor Jahren mit einer fünf Jahre jüngeren, devoten Geliebten zusammengelebt habe, an der sie zum ersten Mal die Techniken ausprobiert habe. Dabei habe sie festgestellt, dass sie nicht nur dominant ist, sondern auch eine sadistische Ader besitzt. Es habe ihr riesengroßen Spaß bereitet, ihrer Freundin im Intimbereich Schmerzen zuzufügen und sie dort überzustimulieren, ihr also für eine gewisse Zeit die Orgasmusfähigkeit zu nehmen. Es wäre ihr fast wie eine

DIE NACHBARIN

Beschneidung vorgekommen, wie ein endgültiger Sieg über eine Rivalin im Kampf um die Männer.

Beide hätten sie auch den Sex mit Männern genossen, ihre Freundin jedoch noch sehr viel mehr als sie selbst. Und diese Freude habe sie ihr regelmäßig genommen. Manchmal dachte sie, auf ihre Freundin nur neidisch zu sein, weil sie attraktiver als sie war und auch bei den Männern besser ankam. Sie habe sich dann auf diese Weise ein wenig an ihr gerächt.

Irgendwann seien sie beide auf die Idee gekommen, sich dominanten Männern gemeinsam als devotes Lesbenpaar anzubieten. Die Nummer sei auch tatsächlich sehr gut angekommen. Ihrer Meinung nach wünschten sich sehr viele Männer so etwas. Sie selbst habe die Treffen sehr genossen. Sie verspürte stets sehr viel Lust dabei und sei auch meist zwei- oder dreimal intensiv gekommen, ihre Freundin hingegen nicht, denn sie wurde von ihr jedes Mal vorher entsprechend behandelt. Manchmal hätte sie bei den Treffen deshalb nur bedingt Lust gehabt, was den Männern natürlich nicht entging und sie sich verstärkt ihr zuwendeten. Es passierte also letztlich genau das, was sie sich immer gewünscht hatte. Hinzu kam, dass ihre Freundin aufgrund der regelmäßigen Behandlungen nur noch bei ihr kam, was ihr ebenfalls große Freude bereitete.

Am Ende ihrer Erzählung hatte das Lidocain schließlich seine volle Wirkung entfaltet, sodass sie zum nächsten Teil der Session übergehen konnte. Dazu führte sie den mit Gleitgel angefeuchteten, recht kräftigen dildoförmigen Fickmaschinenkopf langsam in meine Spalte ein, entfernte die Nippelsauger von meinen Brüsten und setzte die Maschine in Gang. Nach ganz kurzer Zeit hatte ich das sehr angenehme Gefühl, intensivst gefickt zu werden. Allerdings wurde mir schon bald sehr klar, dass ich dabei wohl tatsächlich nicht kommen würde. Doch das tat meinem Vergnügen keinen Abbruch. Problematisch war hingegen eine ganz andere Sache: Gabriele hatte längst wieder ihre flache Peitsche hervorgeholt, um meinen Körper an den verschiedensten Stellen zu traktieren. Unterhalb meines Nackens ließ sie lediglich die Stellen aus, die sie zuvor genadelt hatte. Mal waren es meine Brüste, dann der Bauch, meine Scham, die Innenseiten meiner Schenkel oder meine Hüften. Sie setzte Schlag auf Schlag. Und dabei ließ sie weitere, für mich sehr überraschende und aufschlussreiche Sätze fallen:

»Ich werde dir deine seelischen Schmerzen nehmen. Dein Preis dafür wird allerdings sein, dass du nur noch in meinen Armen kommen darfst, niemals mehr bei Männern, denen ein Luder wie du so gerne schöne Augen macht. Sie werden dich alle haben und mit ihren Schwänzen in dich eindringen dürfen, doch du wirst dabei auf die Süßigkeit eines Höhepunktes verzichten müssen. Den wird es nur noch bei mir geben.«

Als sie mich schließlich befreite und mir auch die Augenbinde nahm, war ich restlos erschöpft. Ich hatte nicht einmal mehr die Kraft, selbstständig aufzustehen. Sie geleitete mich zunächst ins Bad und dort zur Toilette, um im Anschuss daran mit mir zu duschen, wobei sie sehr gewissenhaft darauf achtete, dass ich jederzeit einen guten Stand hatte und nicht versehentlich ausrutschte. Nachdem sie mich abgetrocknet hatte, puderte sie meinen Körper auf die allerzarteste Weise ein. Schließlich bekam ich noch ein Glas Wasser gereicht, das ich begierig in großen Schlucken leerte. Gleich darauf verfrachtete sie mich auf die liebevollste Weise in ihr Bett, wo ich mich in Embryonalhaltung zur Seite rollte und auf der Stelle einschlief.

Erst Stunden später erwachte ich in ihren Armen, als sie mich einmal mehr zärtlich auf die Lippen küsste. Irritiert schaute ich im Raum umher. Ich wusste zunächst überhaupt nicht, wo ich war.

»Eva, du bist bei Gabi, deiner neuen Nachbarin«, gab sie mir leicht grinsend zu verstehen.

Schlagartig erinnerte ich mich. Ich wuschelte mir kurz durch die Haare und schnellte zu ihr empor, um ihr einen intensiven Kuss auf den Mund zu geben. Die aus ihren Augen lachende Freude war überwältigend. Nachdem sie mich sanft ins Bett zurückgedrückt hatte, machte sie sich mit ihrer Zunge an meinen Brustwarzen zu schaffen. Wenige Minuten später war ich bereits wieder so weit.

DIE NACHBARIN

»Warte Liebchen, ich schnalle mir noch schnell einen Dildo um, und dann bringen wir die Sache zu Ende, ja?« Voller Vorfreude auf den baldigen Höhepunkt lächelte ich vor mich hin.

Aufgrund ihrer vorangegangenen Schmerzbehandlung war ich so entspannt, dass sie nur wenige Stöße benötigte, bis ich die ersten Kontraktionen in meinem Unterleib verspürte. Zärtlich zwickte sie meine linke Brustwarze und dann, nach zwei, drei weiteren kräftigen Stößen entlud ich mich laut stöhnend in einem nicht enden wollenden Orgasmus.

Sie ließ sich von meinem Stöhnen in keinster Weise beeindrucken und penetrierte mich ungerührt weiter. Als sie es zwischenzeitlich etwas langsamer anging und ich ein wenig zur Ruhe kam, zog ich mich dankbar lächelnd zu ihr empor und gab ihr einen leidenschaftlichen Kuss auf den Mund. Hingebungsvoll warf ich mich zurück auf die Matratze und spreizte meine leicht angezogenen Beine so weit, wie es mir nur eben möglich war. Mein ganzer Körper bebte. Wohlig rekelnd ließ ich den Kopf in den Nacken fallen. Lediglich meine Brüste schob ich leicht vor, um sie ihr anzubieten. Ich genoss es, so offen, verwundbar und nackt vor ihr zu liegen und vor Lust zu stöhnen, während sie vollständig bekleidet über mir thronte und mich nahm und beherrschte. Später intensivierte sie den Rhythmus ihrer Stöße wieder, und kurz darauf befand ich mich erneut auf dem Weg in die Glückseligkeit. Ich weiß nicht mehr, wie oft sie dieses Spiel an diesem Abend noch mit mir spielte.

Nachdem ich ihr alles gegeben hatte, ließ sie von mir ab und legte sich zu mir. Zärtlich streichelte sie meinen erschöpften und verschwitzten Körper, während sie meine Schultern mit sanften Küssen bedeckte.

»Damit will ich es mal bewenden lassen. Normalerweise müsstest du mir jetzt noch deine niedliche Rückseite zuwenden, doch ich denke, du hast für heute genug«, gab sie mir zu verstehen.

Genüsslich drehte ich mich auf den Bauch, schob mir ein Kissen unter den Venushügel und reckte den Po in die Höhe, um ihr einen besseren und bequemeren Zugang zu meiner hinteren Öffnung zu gewähren. Doch sie ließ sich davon nicht beirren. Zärtlich streichelte sie meinen Po und begann meinen Anus behutsam mit den Fingern zu erforschen. »Nein Liebchen, diesmal nicht. Ich mag es am liebsten mit einem herrlich feuerrot gestriemten Arsch. Doch heute will ich dir keine weiteren Schmerzen zumuten, was nicht weiter schlimm ist, denn es war auch so sehr schön für mich.«

»Gabi, dann lass mich dich bitte wenigstens lecken. Ja?«, bot ich ihr an.

»Okay Liebchen, ich ziehe mich schnell aus und gehe noch kurz ins Bad, und danach zeige ich dir, wie ich es am liebsten habe. Wenn ich gekommen bin, machst du ganz einfach weiter, schließlich will ich es wie du auch ein paar Mal haben. Aber dann wird wirklich endlich geschlafen! Ich muss nämlich morgen schon sehr früh raus.«

Zum Frühstück gab es lediglich Kaffee, denn Gabriele musste schon bald weg. Bevor sie sich auf den Weg machte, hinterließ sie noch eine sehr nachdenkenswerte Botschaft für mich.

»Liebchen, du kannst ruhig noch ein bisschen hier bleiben. Geheimnisse habe ich keine vor dir. Wenn du gehst, schließ bitte die Türe ab. Den Zweitschlüssel findest du direkt neben der Pinnwand in der Küche.

Und Eva denk bitte ernsthaft über uns beide nach. Wenn dir die gestrige Behandlung zugesagt haben sollte, und du vielleicht sogar meinst, ich könnte dir bei deinen Schmerzen helfen, und du das auch möchtest, dann komm bitte heute gegen 18 Uhr zu mir. Allerdings solltest du dir dann über eins im Klaren sein: Wenn du heute Abend bei mir klingelst, überlässt du dich mir ganz und gar. Du weißt, was das bedeutet? Das wird absolut kein Zuckerschlecken für dich sein, und zwar schon heute Abend nicht. Zunächst werde ich dich wieder wie gestern nadeln, doch im Anschluss daran ist dann eine richtige Elektrobehandlung deiner Vulva angesagt, und zwar vollständig und im Liegen und nicht nur so ein Kleinmädchen-Kram wie gestern. Ich fände es ganz toll, genau das einmal wieder von einer süßen Mädchen-Frau wie dir geboten zu bekommen. Für mich gibt es nichts Geileres!

DIE NACHBARIN

Doch glaub mir, die Sache lohnt sich auch für dich. Je intensiver du dich auf die Schmerzen einlässt und dich ihnen hingibst, desto schneller wirst du von deinen seelischen Verletzungen befreit sein.«

In meiner Wohnung angekommen, machte ich mich zunächst über die restlichen Umzugskartons her. Um spätestens 15 Uhr wollte ich mit dem Ausräumen fertig sein, dann hätte ich die Kartons nur noch abholen lassen müssen.

Ich lächelte. Irgendwie war ich ziemlich energiegeladen, jedenfalls weit mehr, als in den Monaten zuvor. Wenn ich mich bewegte, meldete sich zwar sofort mein gepeinigter Körper, doch auch das empfand ich als eher angenehm bis gelegentlich sogar erregend.

Am frühen Nachmittag hatte ich es schließlich geschafft. Endlich standen die leeren Umzugskartons an der für sie vorgesehen Stelle, sodass ich mir in Ruhe etwas zu essen machen konnte. Ich entschied mich für Bockwürste mit Kartoffelpüree und die obligatorische Tasse Kaffee danach.

Während des Essens grübelte ich über den gestrigen Tag mit Gabriele nach. Es war mir klar, dass wenn ich heute wieder zu ihr ginge, sie mir noch viel mehr und vor allem auch intensivere Schmerzen zufügen würde, als gestern. Auf der anderen Seite erregte mich die Vorstellung, was mich aber zugleich aufs Äußerste irritierte, denn ich konnte mich beim besten Willen nicht daran erinnern, jemals masochistische Gelüste verspürt zu haben.

Für mich hatte Gabriele am Vortag etwas sehr Persönliches über sich offenbart. In meinen Augen war sie zwar eine sehr attraktive Frau, dennoch schien sie sich ihrer Wirkung auf Männer unsicher zu sein und sich darin vielen anderen Frauen gegenüber auch unterlegen zu fühlen. Ich vermutete, dass sie ihre Konkurrentinnen oft als weiblicher empfand, nicht unbedingt vom Aussehen, sondern vom Verhalten her. Ich musste unwillkürlich lachen. Schon bei unserer ersten Begegnung, als ich total verheult und nur in mein kurzes schwarzes sexy Kostümchen gekleidet vor ihr in der Türe stand, dürfte sie mich als eine solche verdammenswerte Person eingeordnet haben. Auf der anderen Seite hatte ich hierdurch wohl auch ihren Jagdtrieb aktiviert. Denn so, wie ich da vor ihr stand, konnte ich für sie nur eines dieser gefährlichen, männerbetörenden Weibchen sein, die es zu erobern und anschließend für die Männerwelt zu entschärfen galt.

Sonderbarerweise verspürte ich keinerlei Argwohn ihr gegenüber. Im Gegenteil: Ich empfand die Vorstellung, dass sie mir die letzte Freude beim Sex mit Männern rauben wollte, weil ich in ihren Augen ein sündhaftes Weibchen war, als äußerst erregend. Ich stellte mir für einen Augenblick vor, ich wäre verheiratet, müsste aber auf dem Nachhauseweg von der Arbeit stets zunächst bei ihr vorbeischauen, wo sie mir – nachdem ich mich ihr restlos hingegeben hatte – mittels eines Hexentrunks für den restlichen Tag die Orgasmusfähigkeit nahm. Am Abend würde ich mit meinem Ehemann zwar dennoch wilden Sex haben, dabei jedoch kein einziges Mal kommen. Stattdessen würde ich die ganze Zeit an sie, der heimlichen Herrscherin über meine Sexualität, denken.

Ich war schließlich so erregt, dass ich mich bereits auf die Suche nach meinem Vibrator machte. Gott sei Dank kam ich noch rechtzeitig zur Besinnung: Denn das vorgeschlagene Schmerzensprogramm würde wirklich nur dann Sinn machen, wenn ich Gabrieles Vorgaben absolut ernst nähme und ihr die alleinige Entscheidungshoheit über meine Sexualität überließe.

Für einen Augenblick gingen mir noch einmal ihre Sätze über ihre frühere Freundin durch den Kopf. Ihr Neid auf andere Frauen war offenbar so groß, dass sie sie auch unbedingt beim gemeinsamen Sex mit Männern übertrumpfen wollte. Die Methode, die sie dabei anwandte, war denkbar einfach: Vor dem gemeinsamen Sex wurde ihre Freundin von ihr regelrecht beschnitten, sodass sie für die nächsten Stunden keine Orgasmen mehr haben konnte, sie selbst aber umso häufigere, da sich die Männer aus durchaus nachvollziehbaren Gründen zunehmend an die offenkundig etwas aufgeschlossenere Frau – nämlich sie – hielten. Es war fast so, als wenn sie den Männern zurufen wollte: »Ich weiß, dass ihr eigentlich lieber mit der Weibchenfrau fickt. Die gehört euch jedoch nicht, sondern ausschließlich mir. Daran allein könnt ihr schon sehen, welch

DIE NACHBARIN

starke Frau ich bin. Ihr dürft die Weibchenfrau zwar ficken, ihre Höhepunkte hat sie aber nur bei mir. Wenn ihr eine Frau beim Orgasmus erleben wollt, dann müsst ihr euch schon an mich wenden. Weil ich die bessere und stärkere Frau von uns beiden bin!«

Ich schüttelte den Kopf. Solche Gedanken waren mir fremd, und ich überlegte, ob sie eine Belastung für unsere Beziehung sein könnten. Rasch verwarf ich eine solche Möglichkeit, denn ganz anders als sie empfand ich ihr gegenüber keinerlei Konkurrenz. Ich war in dem Moment sogar der festen Ansicht, dass wenn sie es schaffen würde, mich aus meiner desolaten Stimmung und Lage herauszuholen, sie sich meinetwegen von allen Männern dieser Welt direkt vor meinen Augen zum Höhepunkt ficken lassen könnte, während ich dabei leer ausginge. »Warum ein Problem aus einer Sache machen, wenn da keins ist?«, sagte ich zu mir selbst. Dann war sie halt die bessere Frau! Meinetwegen. Im Übrigen hatte ich mittlerweile ohnehin einen Hals auf die ganze Männerwelt. Erst mit mir zusammen etwas aufbauen, um mich dann im kritischsten Moment zu bestehlen und zu verlassen: Das war ganz schön mies!

Um Punkt 18 Uhr klingelte ich an Ihrer Tür. Sie öffnete und gab mir auf der Stelle einen intensiven Zungenkuss.

»Liebchen, komm rein. Es freut mich, dass du dich für mich entschieden hast.«

Ich trug einen rosafarbenen Rollkragenpulli zu einem kurzen, schwarzen Rock. Auf ein Höschen hatte ich verzichtet, denn es machte keinen Sinn: Sie hätte es mir ohnehin bald ausgezogen. Meinem Pullover ereilte das gleiche Schicksal: Noch bei der Begrüßung streifte sie ihn mir über den Kopf, um mit meinen Nippeln zu spielen.

»Die sind sehr süß, aber wir sollten sie mit der Zeit noch ein wenig vergrößern«, meinte sie. »Ich habe es sehr gerne, wenn Nippel schön lang und griffig sind, sodass ich sie ganz leicht zu fassen kriege und eine Busenkette daran klemmen kann. Du wirst in den nächsten Wochen und Monaten recht häufig

Nippelsauger und dazugehörige Gummiringe tragen müssen. Das werden wir schon hinbekommen!«

Zärtlich streichelte sie meine Brüste.

»Ich habe mich schon den halben Tag darauf gefreut, dich nachher vor Schmerzen winden zu sehen. Du Ärmste wirst heute ganz schön leiden müssen.«

Und so war es schließlich auch. In der Nähe ihres Bettes stand eine schwarze Kunstlederliege, die mir bereits am Vortag aufgefallen war. An ihrem hinteren Ende befanden sich zwei Beinstützen, die man mit einem Hebel heben oder senken konnte. Nachdem ich es mir auf der Liege bequem gemacht hatte, band sie mich mit Gurten so darauf fest, dass mir praktisch keinerlei Bewegungsmöglichkeiten mehr blieben. Die Beinstützen hatte sie in einer Weise eingestellt, dass meine Beine hoch aufgerichtet waren, fast so wie bei einer gynäkologischen Untersuchung.

Sie begann die Folter mit einer Nadelung, die mir allerdings nicht zu schwer fiel, da sie während der gesamten Zeit mit meinen Knospen spielte oder mich zärtlich küsste. So konnte ich meine Ängste jederzeit in Grenzen halten.

Doch danach begann die eigentliche Tortur: die Elektrobehandlung meines Intimbereichs. Sie hatte mir sicherheitshalber einen Knebel in den Mund geschoben, was sich in der Folge auch als sehr sinnvoll erwies, denn die Schmerzen waren stellenweise schier unerträglich, speziell dann, wenn sie sich meiner Klitoris näherte oder den inneren Schamlippen zuwandte. Mehrfach schaute ich Hilfe suchend zu ihr empor und überlegte, ob ich unser vereinbartes Stoppsymbol einsetzen und mit dem Kopf schütteln sollte, doch exakt dann nahm ich wieder die unbändige Freude in ihren Augen wahr, mir – einem Weibchen – all dies zufügen zu können, und ließ alles mit mir geschehen.

Als sie mit der Behandlung fertig war, wirkte sie überaus glücklich. Freudestrahlend nahm sie mir den Knebel ab, um mich immer und immer wieder zu küssen und mir Worte wie ›mein süßes Herzchen‹ oder ›mein Liebling‹ ins Ohr zu flüstern. Schließlich befreite sie mich von meinen restlichen Fesselungen.

DIE NACHBARIN

»Deine Schmerzen werden gleich schwinden, denn ich habe gerade eben das Lidocain aufgesprüht. Außerdem will ich dich nachher noch auf der Fickmaschine sehen. Ach ja, noch etwas, Liebchen. Du wurdest heute dabei geknebelt, und das wird auch beim nächsten Mal so sein. Doch bitte versuch, in Zukunft ganz leise zu sein. Ich möchte dich in aller Ruhe bearbeiten können, ohne gestört zu werden. Hören will ich bestenfalls deinen Atem und vielleicht gelegentlich ein leises Stöhnen, mehr aber auch nicht.

So, nun aber ab zu mir ins Bett. Ich habe Lust, mit dir zu schmusen.«

Ihre letzten Worte machten mich regelrecht glücklich, zumal ich unglaublich froh war, mich endlich ausruhen zu dürfen. Die Schmerzen hatten mich zwar sehr mitgenommen, doch gleichzeitig fühlte ich mich völlig entspannt. Als sie mich schließlich im Bett in ihre Arme schloss, war ich wie fixiert auf sie, fast so wie ein kleines Kind, das nach langer verzweifelter Suche endlich ihre Mami wiedergefunden hatte. Ich war nur noch Körper, im Grunde ein Tier. Ich küsste sie, saugte an ihren Nippeln, streichelte sie, liebkoste ihre Vagina, neckte ihre Klitoris und leckte sie. Ich konnte einfach nicht mehr aufhören, mich an ihr zu reiben. Sie ist ein paar Mal dabei gekommen.

Irgendwann ergriff sie meinen Schopf und führte meine Zunge wie die eines kleinen Hundes überall dorthin, wo sie von mir geleckt werden wollte. Als sie schließlich restlos befriedigt war, gab sie mir noch einen festen Klaps auf den Po und zog mich an den Haaren zur Fickmaschine hin.

Im Vergleich zum Vortag erhöhte sie die Gangart noch ein ganzes Stück. Außerdem legte sie mir eine Busenkette an. Während mich die Maschine seelenlos und unbarmherzig von unten penetrierte, setzte sie sich auf meine Oberschenkel, zog an meinen Haaren und der Busenkette, sodass mein Mund genau auf oder zwischen ihren Brüsten zu liegen kam. Bereitwillig liebkoste ich sie mit meinen Lippen und meiner Zunge.

Als schließlich alles vorbei war, legte sie mich in ihr Bett und streichelte meinen ganzen Körper.

»Eva, was hältst du von Spaghetti alla carbonara?«, fragte sie unvermittelt. »So etwas kann ich immer, und es geht auch ganz fix.«

Vor Freude strahlend schaute ich sie an. »Gabi, das wäre so etwas von geil! Ich kriege nämlich gerade einen Wahnsinns-Hunger.«

»Das kann ich mir weiß Gott sehr gut vorstellen, so wie du vorhin gearbeitet hast. Liebchen, bleib ruhig noch ein wenig liegen, du hast für heute genug getan. Ich rufe dich, wenn die Teller auf dem Tisch stehen, okay?«

»E una Coca Cola?«, frage ich noch hinter ihr her.

»Ich kann dir höchstens den Song bieten. Und natürlich einen guten Wein dazu, das wäre jetzt meine Wahl«, kam es aus der Küche lachend zurück.

»Einverstanden«, antwortete ich leise, bevor mir die Augen zufielen.

Ich verdrückte eine Riesenportion ihres köstlichen Nudelgerichts. Erst danach war ich halbwegs gesättigt.

Den Tag ließen wir mit einer Flasche Rotwein ausklingen. Es war schön, zur Abwechslung einmal ganz entspannt mit Gabriele zusammenzusitzen und zu reden. Ich beschloss, meine Neugierde zu stillen und ein paar Fragen zu stellen, die mir schon die ganze Zeit durch den Kopf schwirrten.

»Sag mal Gabriele, ich habe ein wenig den Eindruck, dass du mir nicht nur meine Schmerzen nehmen möchtest, was übrigens bislang schon recht gut funktioniert, sondern daneben auch noch etwas anderes verfolgst. Ich weiß nur leider nicht was.«

»Liebchen, das hast du sehr gut beobachtet. Ich habe zwischendurch ein paar Andeutungen gemacht, ich weiß aber nicht, ob du sie überhaupt verstanden hast. Ich hätte dich auf jeden Fall in ein paar Wochen darauf angesprochen, nur jetzt schien mir das noch viel zu früh zu sein, schließlich weiß ich erst seit heute um sechs Uhr, dass du dich in meine Hände begeben möchtest.

DIE NACHBARIN

Aber gut, warum eigentlich nicht? Ich schenk' dir noch ein Glas ein.

Ich arbeite als Krankenschwester an der Uni-Klinik. Von meiner Wohnung habe ich es zwar nicht sehr weit dahin, trotzdem ist das ja noch längst kein Grund, in einem solch hässlichen und deprimierenden Haus zu wohnen.

Durch eine dumme Sache habe ich mir ebenfalls ein paar Schulden aufgehalst, zwar bei Weitem nicht so viele wie du, aber dennoch genug, um sie nicht mal eben so von meinem Gehalt zurückzahlen zu können. Folglich lebe ich so preiswert wie möglich. Daneben versuche ich, als Domina ein paar Kröten dazu zu verdienen. Bei mir stehen zwar einige passende Geräte herum und zahlreiche weitere Utensilien besitze ich auch, doch leider reicht das nicht. Das Geschäft läuft sehr sehr schleppend bis schlecht. Die meisten Männer, die für so etwas Geld ausgeben können, wollen es dann auch recht nett haben und nicht in einer Absteige dominiert werden, so wie hier. Wenn sie eine billige Schlampe ficken wollen, mag das anders sein. Die kann ihrer Meinung nach ruhig irgendwo aus dem Dreck herkommen, umso gewissenloser können sie es ihr besorgen. Doch nicht, wenn sie selbst das Opfer sind.

Wie auch immer: Die Sache läuft nicht.

Nun habe ich dir gestern von meiner früheren Freundin erzählt. Wir boten uns damals Männern häufig gemeinsam an – beide waren wir angeblich bi und devot; es musste ja keiner wissen, dass ich es nicht bin – und haben dabei eine ganze Stange Geld verdient. Und genau da kommst du ins Spiel.«

»Ah, langsam beginne ich, zu begreifen.«

»Liebchen, wenn dir das überhaupt nicht zusagt und du das für dich schon jetzt aus moralischen oder was auch immer für Gründen grundsätzlich ausschließt, dann sag es bitte lieber gleich. Ich kann damit leben. Es wäre nur sehr schade, denn ich denke, es lässt sich damit auch dein finanzielles Problem sehr elegant lösen. Hör dir meinen Vorschlag einfach einmal an.

Wir könnten zunächst mit einigen wenigen Freiern unsere ersten Erfahrungen sammeln, und zwar hier bei uns, entweder bei dir oder bei mir. Also die ganz normalen Dinge, die man als

Nutte drauf haben muss. Und wenn das klappt, und du dadurch noch immer nicht fromm geworden bist, würde ich versuchen, dich zukünftig als devote Lustsklavin anzubieten. Ich wäre als deine Herrin natürlich bei allen Terminen dabei. Und wenn dann ein Freier mich ebenfalls dominant ficken wollte, dürfte er das sogar. Er bekäme zwei Frauen im Doppelpack sozusagen.

So, und wenn wir irgendwann ein wenig Geld zusammenhaben, könnten wir uns peu à peu an unsere ersten Gangbangs heranwagen. Nicht unbedingt die ganz großen Nummern, sondern maximal sechs bis acht Männer und wir. Dazu würden wir uns in einem Nobelhotel eine Suite mieten und die Sache ganz entspannt dort stattfinden lassen. Hier fiele das nur auf. Vielleicht lernen wir zwischenzeitlich sogar einen Freier kennen, der über geeignete private Räumlichkeiten verfügt. Den würden wir natürlich kostenlos mitmachen lassen.

Doch nun zu der Sache mit dem Geld: Am besten wäre es, wenn wir beide ein Bankschließfach anmieten und unsere Einnahmen so lange dort deponieren, bis wir eine bessere Lösung gefunden haben. Daneben könntest du dich an einen Schuldnerberater wenden. Vielleicht kriegt der schon einen Großteil deiner Schulden weg. Und was davon schließlich noch übrig bleibt, bezahlst du später cash. Mit deinem erfickten Geld.

Schockiert?«

»Hm, nein, überhaupt nicht. Weißt du, alleine könnte ich das nicht. Aber wenn du stets dabei bist, macht es vielleicht sogar Spaß. Welchen Anteil stellst du dir an unseren Einnahmen vor?«

»Eva, ich denke, wir sollten alles teilen, also fifty-fifty. Wenn es aber später so sein sollte, dass du als Gangbang-Sklavin von den Männern wesentlich härter rangenommen wirst als ich, bin gerne bereit, dir einen größeren Anteil zuzugestehen, schließlich besitze ich nicht so große finanzielle Sorgen wie du. Meine Schulden sind viel geringer als deine. Zusätzlich verfüge ich noch über einen absolut krisenfesten Job.«

»Und was ist, wenn ich bei denen doch kommen sollte? Du kannst mich doch nicht jedes Mal vorher so behandeln, dass ich die ganzen nächsten zehn Stunden überreizt bin«, fragte ich ein wenig besorgt nach.

DIE NACHBARIN

»Liebchen, dafür bin ich ja mit von der Partie. Wir würden zusammen ins Bad gehen, und prompt bekämst du noch einmal deine Klitoris und die Schamlippen angesprayt. Und schon wärst du wieder fitt für unsere Jungs. Wozu bin ich denn Krankenschwester?«

Doch ich hatte noch einen ganz anderen Punkt auf dem Herzen.

»Hm, sag mal Gabriele, kann ich dich etwas ganz Persönliches fragen?«

»Nur zu, Liebchen.«

»Dir scheint es sehr wichtig zu sein, einer Frau beim Sex mit Männern ihre Orgasmusfähigkeit zu nehmen. Das hast du bei deiner früheren Freundin so gemacht, und das willst du bei mir ebenfalls tun. Gestern Abend im Bett hast du mich aber dennoch zum Höhepunkt gebracht, obwohl ich die ganze Zeit den Eindruck hatte, dir ginge es in erster Linie um meine Unterwerfung und nicht um mein Vergnügen. So, als wenn dir mehr an deinem Ficken als an meinem Orgasmus läge. Ist das so?«

»Das hast du sehr gut beobachtet. Ich gewähre dir dann einen Höhepunkt, wenn du dich den ganzen Tag über lieb gefügt hast. Aber besonders wichtig ist er mir nicht. Wenn ich mal wieder so einen Tag habe, an dem ich auf alle Weiber wie dich neidisch bin, dann ärgert er mich regelrecht. Ihr seht dabei so wunderschön aus. Wenigstens leise könntet ihr sein!«

»Wozu bist du neidisch auf mich? Du bist doch eine attraktive Frau!«

»Ja, das behaupten zwar viele, doch ich glaube es ihnen nicht. Schau dich doch an mit deinen dicken Lippen, deinen weiblichen Rundungen, und einen Kopf kleiner als ich bist du auch noch. So ein richtiges kleines verdorbenes Luder. Ein Weibchen, dem kein Mann widerstehen kann. Verdammt! Los, leg dich im Schlafzimmer aufs Bett und zieh deinen Rock hoch! Ich bekomme riesengroße Lust, dich zwischen den Beinen zu peitschen, aber so richtig!«

Eine viertel Stunde später saßen wir wieder beim Wein.

»Geht's, oder kann ich etwas für dich tun?«

»Es geht schon. Obwohl es ganz schön brennt.«

»Das soll es auch. Es gibt Tage, da kann ich eine Schönheit wie dich kaum ertragen. Du wirst es erleben.«

»Hast du mal daran gedacht, von einer Frau zu verlangen, sich für dich beschneiden zu lassen? Dann wärst du doch die ewigen Sorgen los, oder?«

Gabriele wirkte von einer Sekunde auf die andere wie ausgewechselt.

»Liebchen, das ist zwar ein heimlicher Traum von mir, mein Lieblingstraum sogar, aber dabei soll es auch bleiben. Ich habe in meinem Job schon einige böse Fälle gesehen, wo sie das aus religiösen Gründen gemacht haben. Damit spaßt man nicht!

Aber unabhängig davon. Ja, ich fänd es absolut geil, wenn sich eine Schlampe wie du sich mir in dieser Weise unterwerfen würde. Total geil sogar, wenn sie es für mich tun würde, statt für irgendeinen Schwanz! Aber warum fragst du eigentlich?«

»Ach, das war eigentlich nur so ein Gedanke. Ich lasse mich gerne führen. Das war im Grunde schon immer so, selbst bei Fred. Der wollte, dass ich mich für unsere Gäste so richtig aufbrezele, ja und dann habe ich das natürlich auch getan, nicht unbedingt für mich, sondern für ihn. Hinterher hat es mir trotzdem riesigen Spaß bereitet.

Weißt du, das ist auch mein momentanes Problem. Er hat mich verlassen, und nun bin ich allein. Aus eigener Kraft würde ich da nicht mehr herauskommen. Dafür bin ich viel zu passiv und ängstlich. Ich brauche immer jemanden, der mir sagt, wo es langgeht, und mich gleichzeitig auch ein ganz klein wenig lieb hat. Dann kann ich sogar richtig Spitze sein. Einige unserer Kunden haben mir damals gestanden, sie würden nur wegen mir kommen. Ich würde stets strahlen und so stark und selbstbewusst wirken und dabei auch noch sehr erotisch sein: eine richtig moderne emanzipierte Frau, wie man sie sich gerne vorstellt. Das hat mich natürlich sehr stolz gemacht. Doch leider bin ich nicht so. Ich fühle mich nur dann sicher, wenn ich von

DIE NACHBARIN

jemandem an die Hand genommen werde und in seinem Schatten gedeihen kann.

Deshalb schockieren mich deine Träume und Wünsche auch kein bisschen. Ich habe überhaupt kein Problem damit, deine Überlegenheit zu akzeptieren. Ich selbst brauche vor allem jemanden, der mir Halt gibt. Und der mich lieb hat. Und der stolz auf mich ist, wenn ich etwas gut gemacht habe, so wie du vorhin nach der Elektrobehandlung. Dann kann ich richtig anhänglich sein. Und sehr pflegeleicht. Wenn du mich heute Abend also nur deshalb ficken möchtest, um mir einmal mehr deine Überlegenheit zu demonstrieren, dann tu das bitte. Ich habe absolut kein Problem damit. Ich halte gerne für dich hin, weil du in meinen Augen die Stärkere von uns beiden bist, und es dann sowieso dein gutes Recht ist, über mich zu verfügen.«

Was soll ich sagen? Seit etwas mehr als einem Jahr sind Gabriele und ich ein Paar, und mir geht es längst viel besser. In der Zwischenzeit habe ich auch wieder Arbeit gefunden, und zwar in der Bar eines Frankfurter Nobelhotels. Meist bin ich dort nur tagsüber, doch wenn Gabriele mal wieder Nachtschicht hat, bemühe ich mich gleichfalls um einen Schichtwechsel, was jedoch nur selten gelingt, da die Spätschicht unter meinen Kolleginnen viel beliebter ist. Man erhält dort nämlich deutlich mehr Trinkgeld, und ich will nicht wissen, was manchmal sonst noch läuft.

Einen Schuldnerberater habe ich gleichfalls konsultiert, was sich tatsächlich als sehr lohnenswert erwiesen hat. Ihm ist es nämlich gelungen, die Hälfte meiner Schulden allein meinem Ehemann aufzubürden, von dem weiterhin jede Spur fehlt. Er wird allerdings von Interpol gesucht. Auch konnte ich nachweisen, dass er unmittelbar vor seinem Verschwinden 30.000 € vom Konto unserer gemeinsamen Kneipe abgehoben hatte, die sie ihm jetzt ebenfalls allein aufgedrückt haben. Den Rest stottere ich in kleinen Raten ab. Gabriele war übrigens bei allen Gesprächen mit meinem Berater und den Gläubigern dabei.

Unter der Woche haben wir im Mittel drei bis vier Freier. Einige verhalten sich ziemlich brutal, was mir aber nicht wirklich etwas ausmacht, denn Gabriele ist dabei und passt auf mich auf. Außerdem bringen sie das große Geld. An manchen Abenden stecken wir mehr als 500 € ein.

Am Wochenende halten wir uns meist in verschiedenen besseren Hotels in Frankfurt oder Umgebung auf. Gabriele sucht uns dafür immer wieder neue Lokationen aus, bei denen wir ganz standesgemäß im Taxi vorfahren. Einige davon sind richtig schöne Wellness-Oasen. Uns geht es nämlich nicht nur ums Geld verdienen, sondern auch ums Relaxen, um Massagen, im Pool herumalbern, gut essen gehen, an der Bar sitzen und die Natur genießen. Vor allen Dingen wollen wir auch einmal aus unserer häuslichen Umgebung und Enge heraus.

Ich bin an diesen Tagen oft sehr glücklich, weil das Leben an Gabrieles Seite so viel Spaß macht. Wenn sie abends schon eingeschlafen ist und angekuschelt an meinem Rücken liegt, eine Hand dabei fest an meiner Brust, dann möchte ich am liebsten vor Freude die ganze Nacht wach bleiben.

Samstags ab etwa 16 Uhr bis in die tiefe Nacht hinein und manchmal auch freitags abends stehen wir dann aber ganz unseren Freiern zur Verfügung. Im Allgemeinen bevorzugen wir längere Verabredungen mit dominanten Männern, die uns beide haben wollen, sich daneben aber auch noch mit uns unterhalten möchten, und sei es bei einem gemeinsamen Abendessen im Hotel oder einem Restaurant in der Nähe.

In einigen, dafür geeigneten Hotels veranstalten wir an den Wochenenden gelegentliche Gangbangs mit bis zu sechs Teilnehmern, bei denen es mitunter recht spät werden kann. Anfänglich schaute Gabriele noch regelmäßig triumphierend zu mir herüber, wenn sie mal wieder zum Orgasmus gefickt wurde, doch das ist längst vorbei. Mittlerweile vertraut sie mir voll und ganz. Entscheidend dafür mag auch gewesen sein, dass ich ihr stets frühzeitig signalisierte, wenn es bei mir mal wieder kritisch wurde. Wir sind dann gemeinsam ins Bad gegangen, angeblich um uns etwas frisch zu machen, doch kaum hatten wir hinter uns die Türe geschlossen, spreizte ich meine Beine, um einen weiteren Sprüher ihres Wundermittels zu empfangen. Bei dem

DIE NACHBARIN

anschließenden intensiven Kuss schaute sie mir sehr prüfend bis zuweilen verwundert in die Augen. Doch mittlerweile hat sie wohl begriffen, dass ich es tatsächlich ernst meine und es genauso will wie sie.

Finanziell sind wir längst saniert. In meinem Bankschließfach schlummert viel mehr Geld, als ich an meine Gläubiger noch zurückzuzahlen habe. Im nächsten Jahr wollen wir uns deshalb nach einer geeigneten gemeinsamen Wohnung umschauen. Vielleicht finden wir eine, bei der wir sehr leicht und diskret Kunden empfangen und kleinere Events veranstalten können.

Die Scheidung habe ich übrigens eingereicht.

Ach ja, ich überlege, mir die Klitoris piercen zu lassen. Ich denke, das könnte ein annehmbarer Kompromiss sein. Gabriele hat sehr viel für mich getan, und ich bin ihr unendlich dankbar dafür. Ich würde ihr so gerne etwas schenken, was für uns beide von großem Wert ist.

DER CUCKOLD

Nina und ich lernten uns vor Jahren an der Uni kennen. Wir waren damals beide noch Studenten und interessierten uns zufällig für das gleiche Seminarthema. Ich war sofort Feuer und Flamme für sie. Sie war die erste Frau, mit der ich mich wirklich blendend unterhalten konnte. Wir ähnelten uns in unserer ganzen Denkweise und im Zugang zu unserem Fachgebiet, lasen und diskutierten tage- und nächtelang gemeinsam und bekamen schließlich sogar ein ›sehr gut‹ für unsere Arbeit.

Später sind wir uns auch persönlich näher gekommen, verliebten uns ineinander und zogen bald zusammen. Zwei Jahre später heirateten wir. Für mich war Nina von Anfang an die große Liebe. Ich habe sie verehrt, wie keine andere Frau vor ihr, und es wird für mich auch keine andere mehr nach ihr geben.

Allerdings hatten wir von Anbeginn an ein großes Problem: Sie wollte wesentlich mehr Sex, als ich ihr geben konnte. Sie hat das eine Zeit lang sehr verunsichert, da sie befürchtete, ich fände ihren Körper nicht attraktiv genug. Sie fragte ständig nach, ob sie etwa zu dick sei, mir ihr Busen nicht gefalle, die Beine zu kurz wären und vieles andere mehr. Sie ist dann regelmäßig zum Sport gegangen, hat eine Diät nach der anderen probiert und abgebrochen, und später versuchte sie es sogar mit Reizwäsche. Aber das war es ja alles nicht, eher das genaue Gegenteil davon.

Ich fand sie nämlich zu schön, jedenfalls zu schön für mich. Ich hatte das Gefühl, eine so wunderbare Frau nicht verdient zu haben. Klar, ich war ihr intellektuell ebenbürtig. Wir konnten stundenlang hochgeistige Gespräche miteinander führen, aber im Bett passten wir einfach nicht zusammen. Hinzu kommt, dass ich nicht sehr stark gebaut bin. Sie wurde normalerweise sehr schnell feucht, und dann spürte sie mich schon bald kaum mehr. Mir ging es im Grunde nicht anders. Aufgrund der geringen Reibung verlor ich meist schon nach wenigen Minuten meine Erektion. Sie half dann häufig mit der Hand nach, was mir – offen gestanden – ganz schön peinlich war. Ich kam mir als totaler Versager vor. Und ehrlich gesagt, ich war es ja auch!

In der Regel kam sie ohnehin nur, wenn sie sich zusätzlich an ihrer Klitoris stimulierte. Wir passten allein schon anatomisch nicht zusammen. Ich sage das auch deshalb, weil ich es eine Zeit lang mit Viagra probiert habe. Ich hatte dann zwar eine stabile Erektion, aber unser Gefühlsproblem blieb so, wie es immer war. Außerdem wurde der Sex hierdurch schrecklich unspontan. Und deshalb ließ ich es schließlich wieder sein.

Natürlich hätte ich sie auch mit dem Mund befriedigen können. Aber damals waren wir wohl beide noch zu schüchtern und unerfahren dazu. Außerdem hätte auch das mir nicht das Gefühl gegeben, ein richtiger Mann zu sein.

Mich machte die ganze Sache auf Dauer so fertig, dass ich mehr und mehr die Lust am Sex verlor, den ich zunehmend als belastend empfand. In der Folge schliefen wir nur noch sehr selten miteinander, interessanterweise vorwiegend dann, wenn es am Abend feucht-fröhlich zugegangen war und wir beispielsweise eine ganze Flasche Rotwein geleert hatten, was aber nicht allzu oft vorkam. Natürlich belastete das unsere Beziehung sehr.

Vor einigen Jahren machten wir im Frühjahr eine Woche Urlaub auf Fuerteventura, und zwar ganz zünftig in einem Robinson Club. Und dort passierte es. Wir saßen bereits den halben Nachmittag entspannt an der Pool-Bar, als ich einmal kurz aufbrach, um mir meinen Sonnenhut zu holen. Beim Zurückkehren sah ich schon aus der Ferne, wie sich ein mehr als zwanzig Jahre älterer, recht kräftig gebauter und großer, braun gebrannter Mann neben sie an die Bar setzte, sie sogleich in ein Gespräch verwickelte und schließlich seine Hand auf ihren Oberschenkel direkt unterhalb des Röckchens ihres sexy Strandkleidchens legte. Zu meiner Überraschung ließ sie es widerspruchslos geschehen. Mir stockte der Atem. Zugleich verspürte ich eine sonderbar verstörende Mischung aus Angst, Eifersucht und Erregung in mir, Gefühle von einer Intensität, wie sie mir bis dahin völlig unbekannt waren. Ich blieb wie angewurzelt stehen. Ich musste das Spiel der beiden mit meinen eigenen Augen verfolgen. Als ich mich später zu ihnen gesellte, zog er seine Hand sofort zurück. Während des gesamten Urlaubs verloren Nina und ich kein einziges Wort darüber.

Und doch konnte ich das Gesehene nicht mehr vergessen. Die Bilder hatten sich für alle Zeiten in mein Gedächtnis eingebrannt. Ständig musste ich daran denken, was er vielleicht alles mit ihr angestellt hätte, wenn ich nicht rechtzeitig zurückgekehrt wäre. Ich stellte mir vor, wie er sie auf sein Zimmer führte, dort sogleich in sie eindrang, sie brutal fickte, während sie sich lustvoll und laut stöhnend im Rhythmus seiner Stöße unter ihm wandt. Meine Frau in seinen Armen wurde zu meiner fixen Idee, zu meinem ganz persönlichen Wahnsinn.

Einige wenige Male half mir das sogar beim Sex mit ihr. Gedanklich schlüpfte ich dann in seine Rolle, versuchte sie etwas härter ranzunehmen, was mir aufgrund meiner eigenen Unzulänglichkeit jedoch nicht wirklich überzeugend gelang. Im Grunde frustrierte es mich noch mehr.

Doch unabhängig davon hatte ich längst ein ganz anderes erregendes Spiel entdeckt. Als ich sie an der Uni kennenlernte, trug sie meist Jeans. Sie war damals noch recht schüchtern und traute sich nicht, etwas mehr von sich zu zeigen, obwohl sie beispielsweise ausgesprochen hübsche Beine hat. Eines Tages fragte ich sie, ob sie nicht einmal mir zuliebe bei unseren Wochenendeinkäufen einen kurzen Rock und halterlose Strümpfe anziehen könnte. Es würde mich nämlich sehr stolz machen, eine so attraktive Frau wie sie an meiner Seite zu haben. Sie ging sofort auf mein Anliegen ein, und trug von da an nur noch Kleidung, wie sie meinen Wünschen entsprach.

Allerdings ließ ich sie über die wirklichen Motive meiner Bitte im Unklaren. Wenn wir beispielsweise am Wochenende beim Einkaufen über die Zeil spazierten, blieb ich manchmal kurz stehen, um vorgeblich nach etwas zu schauen oder mir die Schnürsenkel zuzubinden. Doch in Wirklichkeit frönte ich längst einem heimlichen Laster, nämlich die ihr entgegenkommenden Männer zu beobachten, wie sie mit ihren geilen Blicken auf Ninas Beine starrten, als wenn sie am liebsten an ihren Innenschenkeln emporklimmen würden, um weiter in das eigentliche Ziel ihrer Begierde – Ninas siebten Himmel – vorzudringen und ihren Samen hineinzuspritzen und zu hinterlassen.

Die ganze Sache bereitete mir zunehmend Freude, und so wäre es auch sicherlich noch eine ganze Weile mit uns beiden weitergegangen, wenn ich nicht irgendwann im Internet auf eine

Website für erotische Kontaktanzeigen gestoßen wäre, in der ich unter den verschiedenen Offerten und bei zunehmendem Erstaunen über die unterschiedlichen sexuellen Bedürfnisse und Neigungen der Menschen den folgenden Text zu lesen bekam:

> *Reifer, standfester Dom 52/190/90, muskulös, sucht jüngeres Cuckoldpaar im Großraum Frankfurt, welches sich ganz in meine Hände begeben möchte. Eure Sie wird mir ihre Sexualität vollständig überlassen, während Euer devoter Er uns bei unseren Liebesspielen bedienen muss. Eventuell werde ich ihn als Anbläser einsetzen. Auch könnte es mir gefallen, bei gelegentlichen gemeinsamen Unternehmungen die Rolle des Ehemanns zu übernehmen.*

Ich war wie elektrisiert. Die nächsten Tage konnte ich kaum schlafen. Meine Träume waren zurückkehrt und hatten von mir vollständig Besitz ergriffen.

Eines Abends saßen wir wieder einmal beim Rotwein zusammen. Wir hatten gerade eine längere Diskussion geführt, bei der ich jedoch häufig recht unkonzentriert war, jedenfalls dürfte ich an jenem Abend kein gleichwertiger Gesprächspartner für sie gewesen sein, als sie mich unvermittelt fragte:

»Andy sag mal, was ist eigentlich los mit dir? Du siehst in der letzten Zeit ziemlich schlecht aus, wirkst übermüdet und unkonzentriert, und große Lust mit mir zu diskutieren hattest du vorhin auch nicht. Mit dir stimmt doch irgendetwas nicht! Andy, wir können über alles reden!«

Es brach sofort aus mir heraus. Ich muss wohl mindestens eine halbe Stunde lang geheult haben, wobei sie mich die ganze Zeit fest an sich drückte. Erst danach beruhigte ich mich wieder etwas.

»Nina, es hat mit uns zu tun. Oder genauer gesagt, mit mir. Doch ich schäme mich so sehr dafür, dass es mir unendlich schwerfällt, darüber zu sprechen, ganz besonders mit dir. Versprichst du mir hoch und heilig, mich nicht auszulachen, ganz egal, worum es sich dabei dreht?«

Sie gab mir einen liebevollen Kuss als Zeichen ihres Versprechens. Und dann erzählte ich es ihr, von meinen Versagensängsten, meinen Unzulänglichkeiten, von meiner Beobachtung auf Fuerteventura und dem, was sie bei mir ausgelöst hatte, von meinen Motiven und Gefühlen bei unseren samstäglichen Einkäufen und schließlich auch von der Kontaktanzeige. Alles, aber auch wirklich alles kam ans Tageslicht. Ich machte in einem Aufwasch reinen Tisch.

»Weißt du, Nina, ich liebe dich sehr. Und deshalb möchte ich dich glücklich sehen. Beim Sex versage ich jedoch auf der ganzen Linie. Als ich dich auf Fuerteventura mit diesem Mann sitzen sah, dachte ich nur: ›Ja so einen starken und etwas bestimmenden Typ, den braucht sie im Bett, und nicht so einen Waschlappen wie mich. Denn sie hat seine Hände akzeptiert.‹ Nina, wie siehst du das denn?«

»Hm, Andy, ich weiß nicht so recht. Wir Frauen denken nicht so abstrakt darüber wie ihr Männer. Es kommt sehr stark auf die Person an. Ich kann mich an die Situation auf Fuerteventura noch sehr genau erinnern, denn sie hat mich damals sehr erregt. Einerseits dachte ich: ›Was fällt dem Typ eigentlich ein, einfach so nach mir zu greifen?‹ Auf der anderen Seite hat mich seine direkte Art sehr angesprochen. Andy, auch ich habe manchmal spezielle Träume. Meist werde ich dann einfach nur genommen. Oder von mehreren Männern vergewaltigt. Das konnte ich dir aber auch nie erzählen, und zwar aus den gleichen Gründen wie bei dir: Es ist mir peinlich. Außerdem befürchtete ich, ich könnte dich damit verletzen.«

»Und was sollen wir jetzt machen?«

»Andy, ich weiß es auch nicht.«

»Könntest du dir so etwas vorstellen?«

»Was?«

»Na, dass wir auf die Anzeige antworten – oder besser noch – selbst eine aufgeben. Könntest du dir einen regelmäßigen Lover vorstellen, der uns beide beherrscht, oder bin ich dann sowieso bei dir unten durch?«

»Nein Andy, mit dir hat das absolut nichts zu tun. Ich will auch nur, dass du glücklich bist. Wenn du das ehrlich möchtest, kann ich damit sehr gut leben. Ich überlege nur, ob es auch für mich okay ist. Wenn wir uns vorher auf neutralem Boden treffen, dann vielleicht ja. Es sollte auf jeden Fall ein Mann sein, der mir imponiert, der etwas darstellt, und der möglichst ein ganzes Stück älter ist als ich, also so einer wie auf Fuerteventura. Dann würde es vielleicht gehen. Für dich auch?«

Schon bald machten wir beide einen Aids- und Hepatitis-Test, den wir auch von ihrem zukünftigen Lover verlangen wollten, denn es sollte möglichst alles echt und ohne störende Gummis ablaufen. Als wir die Anzeige aufgaben, bekamen wir binnen drei Tagen mehr als einhundert Zuschriften, von denen fünf in die engere Auswahl kamen, und mit drei Interessenten trafen wir uns schließlich auch.

Norbert war ein ausgesprochen imposanter Mann: Fünfzig Jahre alt, verheiratet, vier Kinder, hünenhaft, männlich, dominant, sportlich, gepflegt, gebildet, beruflich selbstständig, wohlhabend und mit guten Manieren. So ein Curd-Jürgens-Typ etwa. Nina gefiel er sofort, und sie ihm offenkundig auch. Er lud uns ins Hilton zum Abendessen ein und danach ging es an die Bar. Bereits dort griff er ihr das eine oder andere Mal unter den Rock. Ich rang nach Luft. In ihren Augen war dann stets etwas zu sehen, das ich bis dahin noch überhaupt nicht an ihr kannte, und das mich vor Eifersucht und gleichzeitiger Erregung fast taumeln ließ: ihre bedingungslose Willigkeit. Auch entging mir nicht, dass sie keineswegs vor seiner Hand zurückwich, sondern ganz im Gegenteil ihre Schenkel fast unmerklich ein wenig mehr für ihn öffnete.

Wir waren uns im Grunde recht schnell über unsere gemeinsamen Vorstellungen einig und beschlossen, es in der nächsten Woche einmal miteinander zu versuchen. Kurz bevor er sich zu seinem Wagen aufmachte, gab er Nina einen letzten intensiven Kuss, bei dem sich seine rechte Hand unterhalb ihres Rocks zielstrebig den Weg in Richtung ihrer Liebeshöhle bahnte. Und tatsächlich erreichte sie das anvisierte Objekt ihrer Begierde schon bald, denn Nina quittierte sein Vorgehen mit einem leisen Stöhnen. Sich seine Finger noch einmal triumphierend unter die Nase reibend, verschwand er aus unserem Blickfeld.

Den ersten Abend ließen wir es zunächst recht gemächlich angehen und tranken ein gutes Glas Rotwein zusammen.

DER CUCKOLD

Irgendwann beugte sich Norbert zu ihr hinüber, um ihr ganz langsam den Rock bis zur Hüfte hochzuschieben. Es kam ein schmaler schwarzer Strapsgürtel aus Spitze zum Vorschein, der Strümpfe mit bestickten Rändern hielt. An jenem Abend trug sie kein Höschen, was sein Wohlgefallen fand.

»Ich sehe, du weißt bereits, was sich gehört. Deine Öffnungen haben nämlich in Zukunft stets zugänglich für mich zu sein.«

Nun kam ihre Bluse dran, die er ihr sanft und doch bestimmt über den Kopf zog. Darunter trug sie einen Halbschalen-Büstenhalter, der zwar ihren Busen von unten stützte, ihre Knospen jedoch freiließ.

Er strich mit den Daumen spielerisch über ihre Nippel, deren empfindliches Fleisch verführerisch anschwoll. Er beugte sich zu ihr hinunter und nahm ihre linke erregte Knospe in den Mund und saugte und knabberte daran. Dann kam ihre rechte Brust dran. Als er ihr einen ersten intensiven Kuss gab, öffnete sie bereitwillig ihre vollen, roten Lippen. Er wandte sich erneut ihren Brüsten zu und saugte hart und lange an ihren mittlerweile steil aufgerichteten Nippeln, die sich oberhalb ihres Büstenhalters wie kleine Leuchttürme absetzten. Seine Finger umfassten ihre Knospen, um sie zu zwirbeln und ihr süße Schmerzen zu bereiten. Mein Herz blieb fast stehen, als sie ihm ihren Busen unaufgefordert und nahezu unmerklich ein Stück entgegenstreckte und ihn mit einem Blick anschaute, als wollte sie ihm alles zugestehen, was auch immer er von ihr verlangte. Gefühle der Ohnmacht, Eifersucht und Erregung peinigten mich, als ich ihn sagen hörte:

»So ist es gut. Mach mir deine Titten zum Geschenk. Zeig mir, dass sie ab heute ausschließlich mir gehören, und dein Mann alle Rechte an ihnen verliert.« Nun drückte sie sie ihm erst recht entgegen, wobei sie vor Lust zu zittern schien.

Mit einer gekonnten Bewegung öffnete er ihren Büstenhalter und legte ihre schweren, runden Brüste frei. Er bewunderte ihre vollen, weichen Titten mit den kleinen, runden Nippeln, die sich verlockend von ihrer hellen Haut abhoben. Er nahm je eine Brust in seine Hände und presste sie sanft zusammen. Dann fasste er Nina unter das Kinn und zog sie zu sich heran, um sie erneut zu küssen. Während er mit seinen Fingern ein weiteres Mal ihre Nippel zwirbelte, fuhr seine Zunge fort, ihren Mund zu erforschen. Dann forderte er uns auf, ins Schlafzimmer zu wechseln, wo er sie genussvoll entkleidete, um sie eingehend am gesamten Körper zu betrachten und zu berühren. Mehrfach drehte er sie vor unserem Schlafzimmerspiegel hin und her.

»Du bist eine richtige Schönheit, Kleine, nur leider schlecht erzogen. Wie mir scheint, hat dein Mann dich in den letzten Jahren ziemlich verkommen lassen. Doch keine Sorge, das lässt sich alles korrigieren. Du wirst in den nächsten Wochen zunächst systematisch zugeritten werden, damit du lernst, einem Mann beim Sex möglichst viel Vergnügen zu bereiten. Auch werde ich dir zeigen, welche Freuden du mit deinem Mund spenden kannst. Ich liebe es, aus jungen Ritzen wohlerzogene Sklavinnen zu formen und sie zu verderben. Allerdings werde ich deine Fortschritte in der Kunst, sich mir als perfekte Sklavin zu erweisen, sehr genau überwachen. Eventuell setze ich dazu noch andere Personen ein. Ziel wird es sein, dich zu meiner stets verfügbaren Sex-Sklavin und Hure zu erziehen.«

Sanft legte er sie auf unser Ehebett und entkleidete sich. Als er sich zu ihr gesellte, hatte sie ihre Beine bereits bereitwillig für ihn geöffnet, was seine wohlwollende Zustimmung fand. Er beugte sich zu ihr vor und küsste sanft ihre beiden steil aufgerichteten Brustwarzen. Dann fasste er sie mit seinen kräftigen Händen an der Taille, um von dort weiter über ihren gesamten Körper zu streifen. Seine Finger rieben sich an ihren Schenkeln und ihren schweren, runden Brüsten. Schließlich wandte er sich ihrer Scham zu. Mit zwei Fingern streichelte er ihr williges Fleisch. Sie stöhnte auf. Offenkundig war sie bereits sehr erregt und feucht, denn es fiel ihm ganz leicht, mit mehreren Fingern in ihre Öffnung einzudringen. Mit kreisenden Bewegungen streichelte er ihre Klitoris und ihre Schamlippen, mal sanft, mal eher hart, wobei sich ihre Atmung intensivierte. Er beugte sich über sie und küsste sie zärtlich auf ihre empfindsamste Stelle. Willig spreizte sie ihre Beine, um ihm einen ungehinderten Zugang zu ihrer Öffnung zu gewähren. Gleich darauf tauchte er mit seiner Zunge tief in ihre Spalte ein und züngelte, leckte, schmeckte und kostete sie.

DER CUCKOLD

In der nächsten Stunde fickte er sie nach allen Regeln der Kunst durch. Dabei wendete er sie mehrfach wie ein Stück Laib Brot im Ofen, denn es ging ihm zunächst darum, sie in möglichst vielen Stellungen auszuprobieren und zu testen.

Als er mit ihr fertig war, ergriff er ihr Handgelenk und führte sie zurück in die Küche, wo er sie mit dem Oberkörper auf den Küchentisch drückte. Er wies mich an, ein Kissen aus dem Schlafzimmer zu holen, um es ihr unter den Bauch zu schieben. Unwillkürlich hob sie ihren Po ein Stück an, als wollte sie ihm auch hierfür ihre bedingungslose Bereitschaft bekunden. Sanft fuhr er über ihre Pobacken und spreizte sie ein wenig. Dann begann er den Zwischenraum behutsam mit den Fingern zu erforschen und ihre Rosette mit seinem Speichel zu befeuchten. Zugleich gab er mir die Anweisung, mich untermittelbar vor ihn zu hocken und seinen Schwanz steif zu blasen, was mir auch sehr schnell gelang. Es war das erste Mal in meinem Leben, dass ich den Penis eines anderen Mannes in meinem Mund verspürte.

Unmittelbar darauf drang er unnachgiebig in sie ein. Sie schrie auf, als sich sein großes Glied seinen Weg durch ihre enge Rosette bahnte und tiefer und tiefer in sie vorrückte. Mir entglitten die Worte: Er hatte ihre geheime Pforte, ihren Anus entjungfert und sich schließlich etwas genommen, was sie mir zu keinem Zeitpunkt zugestanden hatte und auch niemals gewähren würde.

Nachdem er gekommen war, ließ er sie noch eine Weile frisch besamt und auf ihre Ellenbogen gestützt auf dem Küchentisch liegen. Nur ein kleiner Teil seines Liebessaftes lief an ihrer Rosette entlang.

Er lachte: »Ihr Weiber seid schon sehr komisch konstruiert. Fickt man euch in die Fotze, wie es eigentlich richtig ist, läuft der größte Teil unserer Ficksahne gleich wieder aus euch heraus. Fickt man euch in den Mund oder den Arsch, bleibt fast alles drin. Deshalb ist es wohl besser, man benutzt nur diese beiden Eingänge, so wie bei den Jungs. Dann pariert ihr auch besser, weil ihr weniger Spaß dabei habt.

Für das erste Mal in deinen Arsch warst du übrigens gar nicht mal so schlecht. Trotzdem hast du noch sehr viel dazu zu lernen. Wenn du mal sehen könntest, wie willig so ein Junge einem den

Arsch entgegenstreckt, dann wüsstest du, was ich meine. In so etwas sind die tausendmal besser als du. Vielleicht bringe ich dir beim nächsten Mal einen mit, nur so zur Anschauung. Dann dürftest du ungefähr wissen, wie es geht, und was ich von dir erwarte.«

Meine Obsession nahm mich in der Folgezeit immer mehr in Beschlag. Als Nina bereits am nächsten Wochenende vorschlug, verschiedene Erotik- und Wäscheshops aufzusuchen, um etwas Passendes für sie zu finden, das Norberts erotischem Geschmack entsprechen könnte, willigte ich sofort begeistert ein, denn nichts wünschte ich mir mehr, als sie wieder stöhnend und sich windend in seinen Armen zu wissen.

Dies war bereits wenige Tage darauf der Fall. Nachdem er einmal mehr alle ihre Öffnungen ausgiebig bearbeitet und ausprobiert hatte, schlug er vor, gemeinsam in den Sansibar Roofgarden essen zu gehen. Als ihr vorgeblicher Ehemann trug er dort wie selbstverständlich alle ihre Kosten, während ich für meine Speisen und Getränke selbst aufzukommen hatte. Im Laufe des Abends küsste er sie immer wieder, legte ihren Arm um sie, griff besitzergreifend an ihre Brüste oder fasste ihr zwischen die Schenkel, die sie ihm – als seine fügsame Ehefrau – jederzeit bereitwillig öffnete.

Wir waren gerade beim Cappuccino angekommen, als er plötzlich das Thema wechselte.

»Jetzt mal ganz ehrlich: Schlaft ihr noch miteinander?«

Ninas Antwort kam wie aus der Pistole geschossen: »Nein, niemals.«

»Gut, dass du das sagst, Nina, und, das darf auch nicht sein, da du jetzt ausschließlich mir gehörst. Sex darf er mit dir nur noch mit meiner ausdrücklichen Genehmigung haben. Vielleicht verkaufe ich dich ihm einmal für eine halbe Stunde, sagen wir für 100 €, die du mir natürlich hinterher auszuhändigen hättest.«

»Das möchte ich aber nicht. Dann lass mich lieber woanders anschaffen gehen.«

DER CUCKOLD

»Aha, gut zu wissen. Doch wie kann ich mir sicher sein, dass ihr es nicht heimlich hinter meinem Rücken treibt?«

»Norbert, weil ich es dir sage. Ich möchte keinen Sex mehr mit Andy, sondern nur noch mit dir.«

»Na ja, Vertrauen ist gut, Kontrolle ist bekanntlich besser. Nina, ich möchte, dass du in Zukunft während meiner Abwesenheit einen Keuschheitsgürtel trägst. Das würde mich sehr beruhigen.«

»Aber Norbert, das wäre ziemlich unpraktisch für mich. Schau mal, ich gehe mindestens dreimal die Woche zum Sport, um etwas für meine Figur zu tun. Du weißt schon, damit ich immer schön in Form für dich bin. Dabei würde ein solches Gerät jedoch stören und mir vielleicht sogar Schmerzen bereiten.«

»Hm, das leuchtet ein. Dann müssen wir ganz entsprechend bei Andy ansetzen. Das ist vielleicht ohnehin der bessere Weg, denn es ist schließlich nicht ganz auszuschließen, dass er dich nachts im Ehebett heimlich beobachtet und sich dann neben dir einen runterholt.«

»Denkbar wäre das schon. Doch ist das wirklich schlimm? Ich würde es nicht einmal mitbekommen«, warf Nina ein.

»Natürlich ist das schlimm. Ein Cucky hat der Ehefrau gegenüber keinerlei sexuelle Gelüste zu hegen, so sehe ich das jedenfalls! Wo kämen wir denn hin, wenn wir ihm weiterhin Gelegenheit geben, sich doch noch indirekt an dir zu befriedigen? Nein nein, lass mal, das ist mir viel zu heiß. Beim nächsten Mal bringe ich einen Peniskäfig mit, zum Beispiel den CB 6000, und verschließe ihn dann. Final, für alle Zeiten, und zwar durch mich. Und nur ich werde einen Schlüssel dafür besitzen. Einmal die Woche bekommt er das Ding zur gründlichen Reinigung und zur Handentspannung aufgeschlossen, das ist es dann aber auch schon. Und gleich darauf wird er wieder zugemacht.«

Eine Woche später war ich keusch gestellt. Zu Beginn hatte ich noch recht große Schwierigkeiten mit dem Gerät zurechtzukommen, weil ich des Nachts häufig auf dem Bauch schlafe, doch mit der Zeit gewöhnte ich mich immer mehr daran. Im Grunde erfüllte es mich sogar mit Stolz, für Nina zukünftig auf meine sexuelle Befriedigung zu verzichten. Mir schien das der ultimative Liebesbeweis zu sein.

Allerdings machte es mir Norbert manchmal besonders schwer. Er hatte nämlich herausgefunden, dass man bei mir auf sehr sichere Weise eine starke Erektion auslösen konnte, wenn ich zärtlich an den Brustwarzen stimuliert wurde. Er hatte mich irgendwann einmal als Mädchen bezeichnet und sich mir dann auf diese Weise von hinten genähert. Ich hielt zwar die ganze Zeit inne, wie es mir als Cucky geboten war, doch mein Schwanz eben gerade nicht.

Seitdem forderte er Nina gelegentlich auf, sich direkt vor mir zu befriedigen, während er mich dabei an den Brustwarzen stimulierte. Anschließend nahm er sie in ihr enges Poloch. Sie stöhnte vor Lust, ich vor Schmerzen.

Kaum hatte mir Norbert den CB 6000 angelegt, wurde Nina mir gegenüber deutlich selbstbewusster. Auch verlor sie fast jegliche Scheu vor mir. Es machte ihr beispielsweise überhaupt nichts mehr aus, sich im Bad direkt neben mich auf die Toilette zu setzen und es laufen zu lassen. Oder sich in aller Ruhe ihre Muschi zu rasieren. Oder stundenlang nackt in der Wohnung herumzulaufen. Und manchmal gab sie mir im Vorbeigehen sogar einen kleinen Klaps auf mein Gerät.

Ich konnte mir darauf zunächst keinen Reim machen. Immer wieder fragte ich mich, was eigentlich in ihr vorging, wenn sie mich im Peniskäfig sah. War ich dann überhaupt noch ein Mann für sie?

Irgendwann fasste ich mir ein Herz und fragte sie. Wir waren an diesem Abend zusammen ausgegangen, hatten hervorragend gespeist und uns, wie immer sehr gut unterhalten. Mit keinem Menschen konnte ich so reden wie mit ihr. Zumindest in diesem Punkt verspürten wir weiterhin eine sehr große Seelenverwandtschaft.

Wenn es darum ging, ein komplexes Thema möglichst in alle Einzelteile zu zerlegen und auszudiskutieren, dann war sie mir in jeder Hinsicht ebenbürtig, wenn es dagegen um körperliche Dinge ging, dann konnte ich ihr nicht einmal ansatzweise das Wasser reichen. Von uns beiden war sie ganz offenkundig der vollständigere Mensch.

Wir hatten uns gerade noch ein letztes Glas Rotwein kommen lassen, als ich all meinen Mut zusammennahm und sie fragte: »Ähm, Nina, wir reden ja praktisch nie über solche Dinge. Aber wie ist das eigentlich für dich, wenn ich dieses Ding trage?«

»Du meinst deinen Keuschheitsgürtel?«

»Ja, du weißt schon.«

»Hm, also mir gefällt das! Du weißt, mein Körper gehört jetzt dem Norbert. Solange du den Käfig trägst, kann ich mir ganz sicher sein, von dir niemals bedrängt zu werden. Schwierige Situationen zwischen uns können also erst gar nicht entstehen. Wir bleiben bei dem, worin wir uns blind verstehen, nämlich Gespräche wie vorhin zu führen. So etwas kann ich nur mit dir. Und deshalb liebe ich dich ja auch so sehr. Es ist total geil, von Norbert sexuell beherrscht zu werden und zu wissen, dass ihm meine Muschi gehört und er alles mit mir machen kann, was er will. Doch das ist bei Weitem nicht alles für mich.«

Wieder einmal wurde mir bewusst, welch vollständiger Mensch sie im Vergleich zu mir war.

»Ja, aber Nina, so bin ich doch komplett eingeschlossen. Ich könnte nie etwas mit einer anderen Frau haben. Oder mal ins Bordell gehen«, gab ich zu bedenken.

»Also Andy, nun mach mal bitte einen Punkt!«, protestierte sie energisch. »Wir sind verheiratet! Hast du das schon vergessen? Da kannst du nicht einfach in der Gegend herumpoppen! Du hast mir damals ewige Treue geschworen!«

»Oder es mir selbst machen«, hakte ich weiter nach.

»Ja, wenn du dich wirklich nicht beherrschen kannst, dann sprich den Norbert an, denn er bestimmt in solchen Dingen über dich, nicht ich«, kam es etwas pikiert aus ihrem Mund. »Aber ich glaube kaum, dass er begeistert wäre, wenn du dir im Nebenraum einen runterholst, während er mit mir beschäftigt ist. Ich im Übrigen auch nicht.«

Ich war ihr für ihre klare Meinung unendlich dankbar. Sie wusste einfach immer ganz genau, was für mich das Beste war. Innerlich befriedigt wollte ich bereits das Thema wechseln, als sie noch ein wenig nachlegte.

»Weißt du Andy, mir gibt das mit deiner Keuschheit sehr viel, deswegen wäre ich auch sehr enttäuscht, wenn du dich zwischendurch immer wieder erleichtern dürftest. Mit dem Sex hat das bei uns beiden nie richtig funktioniert. Im Grunde war die Sache für uns beide sehr frustrierend. Umso mehr fühle ich mich jetzt von dir geehrt. Zwischen dir und mir hat es nicht geklappt, und deshalb verzichtest du auf jeglichen Sex: auf mich, auf andere Frauen, und sogar darauf, es dir selbst zu machen. Aber nicht nur das: Du gestehst mir gleichzeitig das Recht auf meine eigene Sexualität zu, auf meine Befriedigung, auf einen richtigen Schwanz in mir, vielleicht sogar auf mehrere Schwänze. Zu wissen, dass ein Mann ganz allein für mich auf jegliche sexuelle Erfüllung verzichtet, mir sie aber umgekehrt bereitwillig zugesteht, ist ein ganz wunderbares Gefühl. Kann es einen stärkeren Liebesbeweis geben?

Ja, wenn ich es mir recht überlege, dann fällt mir doch noch etwas ein, das ein Stück darüber hinausgeht«, fuhr sie unbeirrt fort. »Weißt du, momentan wirst du einmal die Woche vom Norbert aufgeschlossen und darfst dich dann – aus gesundheitlichen Gründen – mit der Hand entspannen. Nun habe ich aber gelesen, man könnte einen Mann auch vollständig mittels Elektrostimulation entsamen. Dabei würde er bestenfalls Schmerzen, aber keinen Höhepunkt mehr erleben. Und der Samen würde ganz ohne Gefühle aus ihm herauslaufen. Das würde ich mir von dir sehr wünschen.

Und vielleicht kannst du mir auch bei anderen Dingen behilflich sein, zum Beispiel, in dem du mich vor Norberts Besuchen für ihn vorbereitest. Du könntest mich rasieren, eincremen, parfümieren und auch anziehen. Ich finde es manchmal sehr lästig, dies alles selbst tun zu müssen. Du kannst das bestimmt viel besser als ich und würdest es vermutlich auch lieber tun. Es sollte jedenfalls alles so sein, dass ich ihm möglichst viel Vergnügen bereite.«

DER CUCKOLD

Innerlich jubilierte ich bei ihren Worten. Denn nun war klar, dass sie meine Keuschheit absolut zu würdigen wusste.

Wie im Zeitraffer durchlebte ich noch einmal die Zeit mir ihr. Im Grunde war alles ganz einfach: Ich hatte versagt, nicht sie. Es war mein Unvermögen, das uns die ganzen Jahre über sexuell frustrieren ließ und nicht ihres. Dennoch gab sie sich anfangs selbst die Schuld, ging zum Sport, hungerte und trug Reizwäsche am Abend. Alles für mich! Alles für uns beide! Dabei hätte sie mir jegliche sexuelle Erfüllung geben können, wie sich schließlich herausgestellt hat. Sie wäre dazu in der Lage gewesen, ich war es ihr gegenüber hingegen nicht! Unsere jahrelangen Probleme und Enttäuschungen lagen einzig und allein an meinem persönlichen Unvermögen, das musste endlich einmal ganz klipp und klar gesagt und festgehalten werden! Ich war schuld an unserer jahrelangen Misere, nicht sie! Denn als ihr Ehemann wäre es meine Pflicht gewesen, sie glücklich zu machen, was mir aber nicht einmal ansatzweise gelang.

Es war folglich nur logisch, fortan auf meine eigene sexuelle Befriedigung zu verzichten. Und wenn ich sie schon nicht mit meinem Schwanz befriedigen konnte, dann sollten dies weiß Gott andere für mich tun. Meine Aufgabe bestünde darin, sie dabei in jeglicher Form zu unterstützen.

Augenblicklich durchströmte mich ein Gefühl der inneren Zufriedenheit. Es war, als hätte ich endlich den richtigen Platz an ihrer Seite gefunden.

»Schatz, du kannst dir gar nicht vorstellen, welche Freude du mir gerade gemacht hast. Liebend gerne verzichte ich auf meine wenigen verbliebenen Orgasmen. Und liebend gerne bereite ich dich für ihn vor. Wenn du willst, dann mache ich mir weitere Gedanken darüber, was ihm vielleicht sonst noch gefallen könnte.«

Liebevoll streichelte sie meine Hände.

In den nächsten Wochen und Monaten änderte sich einiges für mich. Beispielsweise wurde ich während seiner recht häufigen Besuche bei uns zu Hause nicht länger nur zum Dienen und

Anblasen eingesetzt – was ich im Übrigen ausgesprochen gerne tat, denn ich stellte mir dabei stets vor, wie sein in meinem Mund immer größer werdender Kolben schon bald in sie eindränge, um ihr jede Menge Lust zu spenden –, sondern auch um ihn, und zu meiner ganz besonderen Freude sie, nach jedem Samenerguss mit Mund und Zunge von allen Spermaspuren zu säubern. Speziell bei ihr gab ich mir die allergrößte Mühe. Um ihre Klitoris machte ich jedoch stets einen kleinen Bogen, denn ich wollte weder sie noch ihn unnötig verärgern. Meine Befürchtung war, dass wenn mein Lecken an ihrer Klitoris als absichtsvoll wahrgenommen würde, man mich nie wieder so nah an sie herankommen ließe. Und nahe war ich ihr in solchen Momenten fürwahr, eigentlich so nahe wie nie zuvor. Genussvoll tauchte ich dann mit meiner Zunge in ihre weit geöffnete Spalte ein, um den aus ihr langsam hervorquellenden und mit ihrer Scheidenflüssigkeit vermischten Samen begierig in mich aufzunehmen. Ich stellte mir vor, ein Teil von ihr wäre in mir.

Wenn Nina und ich allein zu Hause waren, machte sie mir zunehmend und mit jeder Geste deutlich, dass ich nur noch ein Neutrum für sie war, von dem keinerlei sexuelle Gefahr mehr ausging. Beispielsweise lief sie gelegentlich vollkommen ungezwungen in Pullover, Strapsen, Strümpfen und Stiefeletten, und sogar manchmal ganz ohne Rock und Höschen durch die Wohnung. Wenn es warm war, ersetzte sie die Bluse oder den Pullover hin und wieder durch einen dekorativen Halbschalenbüstenhalter, der ihre Nippel freiließ und somit voll zur Geltung brachte. Solchermaßen bekleidet stand sie dann direkt neben mir, um mir etwas zu zeigen oder mir bei der Arbeit über die Schultern zu schauen. Manchmal blieb sie auch den ganzen Tag über nackt. Nichts an ihr verriet irgendwelche sexuellen Gedanken oder gar Absichten. In dieser Hinsicht betrachtete sie mich wohl fast so neutral wie eine Zimmerpflanze oder ein Haustier. Vermutlich war ich so etwas für sie sogar dann, wenn ich mit meiner Zunge ihre Spalte von allen Spermaresten zu säubern hatte.

Dennoch genoss ich jede Sekunde mit ihr. Und wenn sie mal wieder sehr freizügig durch unsere Wohnung lief und für einen Moment nicht auf mich achtete, dann beäugte ich sie ganz verstohlen von der Seite her mit einem tief in mir verborgenen Begehren.

Zurzeit machen Nina und Norbert eine Woche Urlaub auf dem Mittelmeer, und zwar in der Gegend von Ibiza. Ein Freund Norberts besitzt dort eine hochseetaugliche Segeljacht, mit der sie die ganze Zeit in der Gegend herumschippern. Mit von der Partie sind sieben weitere Männer. Sie sind also zahlreich genug, um sich problemlos am Steuer, beim Segelsetzen und den anderen Aufgaben abwechseln zu können, selbst wenn sie einmal die ganze Nacht hindurchfahren sollten.

Vorgestern rief sie mich von ihrem Handy aus an. Ihr schien es sehr gut zu gehen, denn am Telefon machte sie einen ausgesprochen fröhlichen Eindruck. Im Grunde war sie regelrecht aus dem Häuschen. Voller Begeisterung erzählte sie mir, dass sie auf dem Boot allen Männern jederzeit zur Verfügung stehen müsse, am Tag wie in der Nacht. Meist könnte sie deshalb noch nicht einmal richtig durchschlafen. Beispielsweise hätte sie letzte Nacht immer nur für zwei Stunden am Stück geschlafen, weil dann wieder jemand zu ihr gekommen sei – und einmal waren es sogar gleich zwei –, um sie zu ficken oder sich ihrer sonst wie zu bedienen. Außerdem hätte sie auf dem Schiff bislang noch überhaupt nichts angehabt. Sie müsste nämlich den Männern die ganze Zeit über nackt zur Verfügung stehen. Waschen würde sie sich auch nur noch einmal am Tag, alles andere wäre reinste Zeitverschwendung, da sie ja doch schon bald wieder von irgendwem durchgefickt und aufgefüllt würde. Und zur Not reichte auch mal ein kurzer Sprung ins Wasser.

Und dann lachte sie. Die Jungs und Männer wären alle ganz schön potent und könnten ziemlich oft. Begeistert rief sie aus:

»Andy, du kannst dir das gar nicht vorstellen. Das ist soooo geil hier. Du glaubst es nicht, was die alles mit mir anstellen!«

Dann berichtete sie mir penibel genau von jedem einzelnen Mann und dessen Neigungen und Vorzügen. Hoch konzentriert und begierig saugte ich jedes ihrer Worte in mich auf.

»Ach ja, da ist übrigens ein Mann dabei, der Volker, der wohnt bei uns ganz in der Nähe, irgendwo im Hochtaunus auf halbem Wege zwischen Frankfurt und Wiesbaden«, führte sie weiter aus. »Vor dem Ficken legt er mir immer eine Busenkette an. Doch dann will er meistens nur in meinen Arsch rein. ›Eine Schlampe wie ich hätte nichts anderes verdient‹, meinte er gestern zu mir. Für den muss ich mich immer bäuchlings auf den Tisch legen, und dann rammt er mir sein Ding von hinten und im Stehen rein, wobei er mir gleichzeitig an den Haaren zieht und ziemlich dolle den Po versohlt. Mann, der ist vielleicht stark! Von allen Männern der Crew kann der bei Weitem am häufigsten und längsten. Wenn er mich fickt, schauen uns häufig noch andere zu oder ziehen an meiner Busenkette, während ich mich auf meine Unterarme stütze. Anschließend wollen sie natürlich auch noch ran. Norbert will den Volker übrigens bei nächster Gelegenheit einmal zu uns mitnehmen. Der steht auch auf Männer, wie er sagt.«

Als sie aufgelegt hatte, war ich innerlich wie elektrisiert vor Erregung. Stundenlang stellte ich mir vor, wie die Männer in sie eindrangen, sie abwechselnd besudelten und ihre bebende Lust entfachten. Wie sie ihren stöhnenden und schreienden Mund zunächst mit ihren Schwänzen und dann mit ihrer Ficksahne füllten, und wie sie sie anschließend zwangen, alles artig herunterzuschlucken. Oder wie sie sich just in dem Augenblick wieder über sie hermachten, um jeden Zentimeter ihres Körpers zu benutzen und zu besudeln.

Doch dann kam mir Volker in den Sinn und das, was Nina über ihn und unsere kommenden Abende angedeutet hatte. Erst jetzt begann ich, mir über die Konsequenzen des Gesagten Gedanken zu machen. Vor Freude laut juchzend hüpfte ich durch die Wohnung. Wenn sie von zwei Männern gefickt wurde, bedeutete das, dass ich ihr an den Abenden noch viel häufiger und länger nahe sein durfte. Dafür war ich gerne bereit, auch etwas von mir herzugeben. Ich konnte es kaum erwarten, sie endlich wieder bei mir zu haben.

EROTISCHES BODYBUILDING

Ich will nicht sagen, dass ich unzufrieden oder gar unglücklich bin. Momentan sowieso nicht. Und dennoch: Wenn ich damals geahnt hätte, was auf mich zukommt, hätte ich mich nie und nimmer auf sie eingelassen.

Unlängst las ich im Internet: Wirft man einen Frosch in einen kochenden Sud, springt er hinaus, heizt man das Wasser nur langsam auf, bleibt er darin sitzen und verkocht. Ich komme mir manchmal wie der Frosch vor, denn trotz aller Peinigungen, die sie mir zugefügt hat, bin ich noch immer bei ihr.

Dabei fing alles ganz harmlos an. Ich ging schon seit etlichen Jahren etwa dreimal die Woche in ein Fitnessstudio in der Innenstadt, und zwar zum Bodybuilding, mit schwerem Hanteltraining, Bankdrücken und allem Drum und Dran. Das lohnte sich tatsächlich, denn mit der Zeit bekam ich durch das regelmäßige Work-out einen richtig geilen Body. Manchmal posierte ich nach dem Training noch stundenlang zu Hause vor dem Spiegel, rasierte mich überall, ölte meinen Körper ein, trommelte mit den Fäusten auf meinen Sixpack, machte weitere Liegestützen, gab ein paar Gorilla-Laute von mir und vieles andere mehr. Ich war total stolz auf meinen Körper.

Vor drei Jahren im Frühjahr passierte es dann jedoch. Ich hatte gerade mein Training beendet und stand mal wieder an der Studiobar, um wie gewohnt meinen Orangen-Protein-Shake zu trinken und ein bisschen mit den anderen Jungs zu fachsimpeln, als sie sich unbemerkt von hinten an mich heranschlich, mir eine Hand auf die Schulter legte und sich ganz schmusig und wie selbstverständlich an meinen Oberarm anlehnte.

»Hi, starker Mann. Wie heißt du denn?«, drang es mir süßlichsten Ton an meine Ohren.

Sie war ein sehr zierlicher Typ, der mir nicht einmal bis zur Schulter reichte, obwohl sie an dem Tag Sandaletten mit höheren Absätzen trug. Ich schätzte sie auf vielleicht Ende dreißig bis bestenfalls Anfang vierzig, jedenfalls war sie mindestens fünfzehn Jahre älter als ich, wenn nicht sogar zwanzig. Sie lächelte mich unglaublich liebevoll und zärtlich an, fast so wie eine Mutter ihr Kind. Ich war ihr von der ersten Sekunde an verfallen.

»Alexander. Und du?«

»Alexander der Große, soso. Ich bin die Sabine. Sag mal, Alexander, hast du vielleicht Lust darauf, noch ein wenig zu mir zu kommen? Ich mache ganz prima Protein-Shakes, viel besser als die hier, und zwar mit Ananassaft. Okay?«

Die Hand, die gerade eben noch auf meiner Schulter lag, fuhr nun ganz langsam an meiner Rückenmuskulatur entlang.

Ich muss wohl ein wenig verdutzt geschaut haben, jedenfalls schlang sie sogleich ihre Arme um meine Taille, drückte sich ganz fest an meinen Oberkörper an und blickte mich dann mit dem süßesten Schmollmund an, den man sich vorstellen kann.

»Ach bitte, Alexander, mach mir doch die Freude! Bitte!«

»Was sollte denn schon passieren?«, sagte ich zu mir. Ich war ein Mann, dazu auch noch ausgesprochen kräftig gebaut und austrainiert, sie dagegen ein kleines, zierliches Püppchen, deren Lippen gerade exakt an meiner rechten Brustwarze angekommen waren, und das auch noch in ihren hohen Schuhen.

»Okay, warum nicht? Ich habe heute sowieso nichts mehr vor.«

»Umso besser, Alexander.« Sie schmunzelte leicht süffisant. Energisch umfasste sie mein rechtes Handgelenk, was ihr aber aufgrund des Umfangs nicht so recht gelingen wollte, und so musste sie am Ende mit einigen wenigen Fingern vorlieb nehmen.

»Komm Alexander, pack deine Sachen. Ich habe meinen Wagen vorne im Parkhaus stehen. Lass uns gleich gehen. Deinen Shake bezahle ich.«

Natürlich fuhr sie einen Sportwagen, ein Cabriolet, wie konnte es bei einer solchen Frau auch anders sein. Sie öffnete mir die Beifahrertüre, und ich nahm Platz. Nachdem sie das Verdeck vollständig geöffnet hatte, robbte sie mit einer geradezu unglaublichen Leichtigkeit zu mir herüber, setzte sich auf meine Oberschenkel, legte ihre beiden Hände in meinen Nacken und begann meine Lippen mit den zärtlichsten Küssen zu bedecken und meinen Mund mit ihrer vorwitzigen Zunge zu erkunden. Ich spürte, wie sich mein Glied zunehmend versteifte, was sie mit äußerstem Wohlgefallen registrierte.

»Na ich glaube, da wird jemand mächtig ungeduldig. Lass uns mal fahren.«

Während der gesamten Fahrt malte ich mir genüsslich aus, wie ich dieses kleine Püppchen an ihrer Taille anheben und auf meinen erigierten, vor Erregung berstenden Schwanz setzen würde, um sie bis zur Besinnungslosigkeit durchzuficken. Sie würde sich dabei nicht wehren können. Sie nicht! Alles, was ich wollte, müsste sie über sich ergehen lassen. Sie hatte es nicht anders gewollt und somit auch nicht anders verdient!

Mit meinem großen Schwanz würde ich ihre Schamlippen machtvoll auseinanderpflügen und dann stetig und beharrlich immer tiefer in sie eindringen und sie regelrecht pfählen. Ich stellte mir vor, wie meine Eichel in ihr anstieß und ihr Schmerzen bereitete, die sie noch tagelang zu ertragen hätte. Von mir durfte sie heute keine Rücksicht erwarten. Wer einen Mann wie mich auf eine solch provokante Weise herausfordert, der sollte auch leiden können.

Doch es kam alles ganz anders.

Kaum waren wir bei ihr angekommen, meinte sie, ich könnte mich im Bad ausziehen und mich noch kurz frisch machen. Und dann sollte ich ganz nackt zu ihr ins Schlafzimmer kommen.

»Alexander, ich sehe dir doch an, dass du es kaum mehr erwarten kannst. Dann lass uns keine Zeit verlieren«, rief sie mir hinterher.

Als ich ins abgedunkelte Schlafzimmer trat, erwartete ich sie bereits nackt und sich vor Geilheit windend im Bett liegen, doch ich sollte eines Besseren belehrt werden. Sie kam vollständig bekleidet auf mich zu, zog mich an meinem bereits leicht aufgerichteten Schwanz hinter sich her, um mich dann, dabei kräftig in meine Brustwarzen kneifend, sehr bestimmend rücklings auf ihr Bett zu schubsen, wo sie sich sogleich mit ihrem Mund an meinem mittlerweile zu voller Größe aufgerichteten Glied zu schaffen machte.

»Hm, du hast einen sehr schönen Schwanz, Alexander. Damit lässt sich eine Menge anfangen.«

Damals maß ich ihrer Anmerkung leichtsinnigerweise keinerlei Bedeutung zu. Ich hätte gewarnt sein sollen.

Sie blies geradezu atemberaubend. Mit ihrer rechten Hand hielt sie meine Hoden fest im Griff, während ihre linke meine Brustwarzen bearbeitete oder zärtlich über Sixpack und Unterbauch strich. Mal umschlang sie meine Eichel mit ihren Lippen, dann saugte sie wieder nur daran, leckte minutenlang mein Vorhautbändchen, um kurz darauf mein gesamtes Glied wie eine Schwertschluckerin in ihrem Mund verschwinden zu lassen. Ich konnte es kaum glauben, aber sie war tatsächlich in der Lage, meinen Schwanz bis zum Ansatz vollständig in ihrem Mund aufzunehmen.

Irgendwann erhöhte sie das Tempo. Mit ihrer Kehle umschlang sie meine Eichel und meinen Schaft so geschickt, dass ich hätte schwören können, von einer feuchten Muschi umgeben zu sein. Natürlich konnte ich der Attacke schon bald nicht mehr widerstehen. Ich entlud mich zuckend und bebend und dabei laut aufstöhnend tief in ihrer Kehle.

Nachdem sie alles restlos geschluckt hatte, machte sie sich daran, meinen Penis sauber zu lecken, wozu sie ihn abwechselnd mit ihrer Zunge und ihren Lippen umspielte. Es schien fast so, als wollte sie unbedingt sicherstellen, dass kein einziger Tropfen meiner offenkundig sehr wertvollen Sahne verloren ging.

Endlich robbte sie sich an mich heran, um sich inniglich an meine gestählte Brust zu kuscheln. Allerdings hielt sie dabei meinen Schaft weiterhin fest umklammert in ihrer Hand, was er schon bald wieder zu würdigen wusste.

Als sie meine Reaktion verspürte, schaute sie mich geradezu begeistert an.

»Sag mal Alexander, kannst du eigentlich öfter?«

»Ja, dreimal am Tag ist normal. Direkt hintereinander geht meist nur zweimal, obwohl ich es bei einer Freundin auch schon viermal hintereinander geschafft hatte. Das war jedoch etwas Besonderes.«

EROTISCHES BODYBUILDING

»Wieso? Was hat sie besser gemacht als deine anderen Weiber?«

»Sie war eine Nymphe, ständig geil und total nervig.«

»So eine wie ich?«

Ihre Augen blinzelten mich keck und gefährlich an.

»Sag bloß. Dann zieh dich endlich aus, damit wir unser Spielchen umdrehen können.«

»Sorry Alexander, aber Ficken ist nicht mit mir. Ich bin nur an deinen Liebessäften interessiert, an denen dafür aber richtig. Und wenn ich mir so deine Eier da unten ausschaue, dann glaube ich schon, dass du mir noch eine ganze Menge mehr davon abzugeben hast.«

Obwohl mich ihre Weigerung, sich von mir ficken zu lassen, natürlich ausgesprochen ärgerte, richtete sich mein Glied bei ihren letzten Worten augenblicklich wieder zu voller Größe auf.

»So gefällst du mir schon besser, Alexander. Dann werde ich mir mal meinen nächsten Cocktail holen.«

Wenige Minuten später war ich bereits wieder so weit. Der Orgasmus war so intensiv und die Entladung so heftig, dass ich wohl diesmal noch deutlich mehr Sperma in ihren Schlund hineingepumpt haben muss.

»Wow! Sag mal, geht das in dem Stil so weiter? Jedes Mal noch eine Extraladung oben drauf? Ich überlege gerade, ob ich nicht sauer werden sollte. Im ersten Gang servierst du mir Wasser, und jetzt Wein? Eigentlich alles sehr ungezogen von dir, findest du nicht, Alexander?« Sie blickte mich mit mütterlich empörten Augen an.

»Sabine, ich kann das doch nicht steuern. Du saugst mich aus, als hättest du die letzten drei Tage nichts zu essen bekommen, und dann explodiere ich halt in deinem Mund; mal mehr und mal weniger.«

»Und wieder so ungezogen!« Sie schien nun ganz in ihrem Element zu sein. »Ihr Männer könnt so etwas doch nur deshalb nicht steuern, weil ihr euch meistens keine wirkliche Mühe gebt.

Wenn ich es mir recht überlege, dann eigentlich nie. Ihr seid schwach, das schwache Geschlecht halt!«

Spätestens hier hätte ich die Notbremse ziehen sollen. Ach was heißt sollen? Müssen! Doch aus irgendeinem Grunde verpasste ich den entscheidenden Moment. Vermutlich hatte mir mal wieder mein männlicher Stolz einen Streich gespielt. Ich wollte ihr nämlich gefallen, ihr zeigen, was für ein toller Hengst ich bin. Und dazu bekam ich in der nächsten halben Stunde hinreichende Gelegenheit, denn sie ließ nicht locker.

»Ach ja Alexander, noch mal zu vorhin. Ich bin auch eine Nymphe, ebenfalls ständig geil und total anspruchsvoll.« Einmal mehr versuchte sie es auf die süßliche Tour.

»Wieso ständig geil? Mir kommst du eher hungrig vor.«

»Alexander! Nun reicht es mir langsam! Weißt du wirklich nicht, wie man sich einer Lady gegenüber benimmt? Du wirst noch sehr viel lernen müssen. Aber zunächst möchte ich, dass du dich bei mir angemessen entschuldigst.« Augenblicklich hatte sie ihre Fäuste in die Hüften gestemmt.

»Okay, Entschuldigung Sabine.«

Energisch wedelte sie mit dem Zeigefinger direkt vor meiner Nase herum.

»Nein nein, lieber Alexander, so einfach kommst du mir heute nicht davon. Die Wahl der Mittel liegt ganz bei mir.«

»Aha! Und was soll ich machen?«

»Ganz einfach. Ich blase dir den Schwanz noch einmal steif und dann bekommst du ihn so richtig abgebunden. Und danach melke ich ihn dir zweimal mit dem Mund ab. Deine Ex hat deine Sahne viermal hintereinander bekommen und ich verlange nun das Gleiche von dir. Nicht weniger als sie, aber auch nicht mehr. Bin ich nicht gnädig und fair zugleich?«

Natürlich bekam sie, was sie verlangte, denn ich befand mich noch immer auf meinem Männlichkeitstrip, der mich als Eroberer dieser ausgesprochen attraktiven Frau sah. Dass sie indes längst damit begonnen hatte, ihr Spinnennetz um mich zu weben, wollte ich damals einfach nicht wahrhaben.

Als sie mit mir fertig war, wischte sie sich flüchtig mit einer Hand den Mund ab und strahlte über das ganze Gesicht. In dem Moment war sie wunderschön.

»Köstlich! Und welche Kraft! Ich könnte Bäume ausreißen. Komm, wir unterhalten uns ein wenig. Aber ich möchte dabei von dir getragen werden.«

Mit wenigen Handgriffen hatte sie sich ihrer Kleidung entledigt, behielt allerdings ihr schwarzes Mieder, ihren Strumpfhalter und ihre Strümpfe an.

»Zeig mir mal, wie stark du bist.«

Sie war leicht wie eine Feder. Kaum hatte ich sie angehoben, schlang sie ihre Arme um meinen Nacken und drückte sich fest an mich, um mich gleichzeitig mit ihren Küssen regelrecht zu bombardieren.

»Komm, spazier mich ein wenig durch die Wohnung. Sag mal, wohnst du eigentlich alleine oder mit deiner Freundin zusammen?« Sie schien vor Energie zu sprühen.

»Momentan lebe ich im Studentenwohnheim. Aber ich sehe meine Freundin sowieso nur am Wochenende, die studiert in Bonn.«

»Aha. Und da betrügst du sie mal eben so? Sehr ernst scheint es dir mit eurer Beziehung aber nicht zu sein, habe ich recht?« Ihre Stimme hatte wieder einen gefährlich provokanten Unterton angenommen.

»Eigentlich doch«, widersprach ich. »Aber wer soll einer wie dir schon ernsthaft widerstehen können?«

»Alexander, wenn man wirklich will, kann man alles«, ermahnte sie mich mütterlich. »Aber es ist mal wieder so typisch für ein Mitglied des schwachen Geschlechts. Da winkt ein kleines Abenteuer, und schon sind alle Treueschwüre Schnee von gestern. Was hältst du davon, bei mir einzuziehen?«

Um ein Haar hätte ich sie fallen gelassen.

»Alexander, was ist los mit dir? Ich habe dir nur eine ganz einfache Frage gestellt. Du ziehst bei mir ein, hast dein eigenes Zimmer und freie Verpflegung, und 300 € monatlich auf die

Hand kriegst du auch noch dazu, wenn du hin und wieder ein paar Dinge für mich erledigst. Einverstanden?«

»Und wie soll ich das meiner Freundin erklären? Du hast doch vorhin selbst etwas von Treue und vom schwachen Geschlecht geflüstert«, gab ich zu bedenken.

»Ich sehe da überhaupt kein Problem. Ohne dich kann sie viel besser lernen und sich auf ihre Prüfungen vorbereiten. Sie wird dann nicht ständig von jemandem abgelenkt, der ihr sowieso nicht treu sein kann. Was soll sie mit einem unzuverlässigen Schwanz wie dir? Sie sucht sich eh besser eine Freundin fürs Bett. Vergiss sie: Gerade eben habe ich sie zu deiner Ex gemacht.«

»Aber Sabine, wie stellst du dir das vor?«, versuchte ich energisch zu protestieren. »Wir sind uns heute zum ersten Mal im Fitnessstudio begegnet – das ist gerade erst zwei Stunden her –, und schon soll ich mich von meiner Freundin trennen und zu dir ziehen? Das kann doch nicht dein Ernst sein?«

»Du hast sie mit mir hintergangen! Nun sei bitte fair und gib sie frei!«, insistierte sie unbeirrt weiter.

»Und selbst wenn, Sabine. Mir geht das alles viel zu schnell. Ich kenne dich doch überhaupt noch nicht!«

Mit einem Mal zog sie erneut den allersüßesten Schmollmund auf, den ich bereits kannte, während sie sich gleichzeitig noch ein Stückchen mehr an mich herankuschelte. Ganz zärtlich knabberte sie an meiner Unterlippe, als sie mich unvermittelt mit ihren großen Rehaugen flehentlich anblickte:

»Bitte Alexander. Bitte! Ich brauche dich so sehr.«

Erst viel später wurde mir bewusst, dass das Wörtchen ›brauchen‹ für sie eine ganz andere Bedeutung als für mich hat. Allerdings denke ich nicht, dass eine frühere Erkenntnis einen wesentlichen Einfluss auf meine damalige Entscheidung gehabt hätte. Ich wusste nämlich im Grunde sofort: Sie hatte längst gewonnen, und ich würde genau das tun, was sie von mir erwartete. Es ging eigentlich nur noch darum, etwas Zeit zu gewinnen, damit ich meine Sachen regeln konnte.

»Okay. Sabine, ich will es versuchen. Aber gib mir bitte noch zwei Wochen Zeit, damit ich bei mir alles ordnen und erledigen kann.«

Sie lächelte mich süßlich an und gab mir einen schmatzenden Kuss auf die Lippen.

»Das ist ein Wort, Alexander! Vielleicht habe dich bislang ein wenig unterschätzt. Endlich mal ein Mann, der sich wie ein richtiger Mann benimmt! Natürlich sollst du deine zwei Wochen bekommen. Allerdings nur unter einer Bedingung: Du kommst auch in der Zwischenzeit schon zweimal die Woche zu mir.«

Ich war kaum bei ihr eingezogen, da begann sie bereits, mich regelrecht in ihren Besitz zu nehmen.

Meine Hauptaufgabe bestand darin, ihr als verlässlicher Samenspender zu dienen, um sie mindestens dreimal pro Tag zu versorgen. Ich hatte ihr meine Säfte zu liefern, und zwar wann immer ihr danach gelüstete. Natürlich war mir gleichzeitig jeglicher anderer Sex strikt untersagt, einschließlich, es mir selbst zu machen. Ihr erklärtes Ziel war es allerdings, mich mit der Zeit auf mindestens vier Entladungen zu bringen. Man kann sich wirklich in allen Dingen steigern, wenn man nur will, merkte sie gelegentlich einmal an.

Doch das war nicht der einzige Punkt, wo sie auf Verbesserungen bestand. Für sie sollte sich nämlich auch an meiner Penisgröße noch entscheidend etwas tun. Nun war ich allerdings schon immer recht stolz auf meinen Schwanz gewesen, maß dieser doch echte 19x6 Zentimeter im ausgefahrenen Zustand, womit ich sicherlich bereits zur Oberliga der deutschen Männer zählte. Doch für sie mussten es mindestens fünfundzwanzig Zentimeter sein.

Sie setzte gerade wieder einmal mit ihren Blaskünsten an, als sie mir in aller Seelenruhe erklärte:

»Schau mal, Alexander, du gehst drei- oder viermal in der Woche ins Fitnessstudio, um deinen Body zu stählen. Das steht dir auch wirklich sehr gut. Weiter so! Mir gefallen starke, muskulöse Männer. Da fühlt sich ein zierliches Persönchen, wie ich es bin, gleich viel sicherer. Und trotzdem, Alexander, was du machst, ist doch nur die halbe Miete. Zu einem wirklich vollständigen Bodybuilding gehören auch die weitere Formung deines Schwanzes und die Outputsteigerung deiner Hoden. Und das alles bekommst du bei mir.«

Mittlerweile machte mir ihre sehr sachliche Funktionsbeschreibung meiner Körperteile nicht mehr so viel aus. Ich führte entsprechende Formulierungen vor allem auf ihre berufliche Tätigkeit zurück, bei der sie sich offenbar stets ganz ähnlich auszudrücken hatte.

Zur Verlängerung meines Schwanzes hatte sie sich eine recht einfache Strategie ausgedacht: Wann immer es möglich war, sollte ich mit einem Penisstretcher herumlaufen. Und auch des Nachts hatte ich das Gerät anzulegen.

Hauptbestandteil ihres Trainings war jedoch etwas ganz anderes. Kurz, nachdem ich eingezogen war, ließ sie in meinem Zimmer ein Andreaskreuz aufstellen. Auf meine fragenden Blicke antwortete sie mit den Worten: »Sieht schlimmer aus, als es ist. Wir werden es hauptsächlich zum Bodybuilding einsetzen. Ich werde es dir irgendwann zeigen.« Und damit war die Sache für sie auch schon erledigt.

Wenige Wochen später erklärte sie es mir. Sie fesselte mich zunächst ans Andreaskreuz, um mir dann direkt unterhalb – beziehungsweise von meiner stehenden Position aus gesehen oberhalb – meiner Eichel einen Gummiring anzulegen, der über eine spezielle Vorrichtung in der Spannung reguliert werden konnte, und an dem sich zwei seitliche Schlaufen befanden. An die Schlaufen befestigte sie entsprechende Gewichte, die sie im Laufe der Zeit erhöhte.

»Es wird dir vielleicht anfangs ein bisschen wehtun, aber du wirst dich schon noch daran gewöhnen. Wir machen das zunächst täglich für eine Stunde. Du wirst sehen: Es lohnt sich.«

Ich konnte mir beim besten Willen nicht vorstellen, dass ihre Tortur einen nennenswerten Einfluss auf meine Penislänge haben würde. Mir schien das irgendeine neumodische Form der Folter zu sein, die sie sich vielleicht sogar selbst ausgedacht hatte. Daneben kam mir schon bald der Verdacht, sie wollte mich auf diese Weise eventuell nur für eine Weile aus dem Verkehr ziehen, denn schließlich wurde die Prozedur meist dann ganz gezielt gestartet, wenn sie gerade mal wieder mit einer Freundin zugange war.

Von dieser Facette ihres Lebens hatte ich bislang noch nichts erzählt, und zwar aus gutem Grunde, denn es handelt sich dabei um etwas, das mich im Innersten zutiefst verletzt hat. Wenn ich ganz ehrlich sein soll, dann leide ich noch heute darunter.

Ich liebte diese Frau, und ich hätte wirklich alles für sie getan. Doch sie ließ mich nicht ein einziges Mal wirklich an ihren Körper heran. Das Maximum, das ich in der Hinsicht jemals von ihr erhielt, war, sie in ihrer Unterwäsche oder einem Nachtkleidchen herumzutragen, während sie sich eng an meinen Körper kuschelte.

Natürlich sprach ich sie anfänglich häufiger darauf an, machte ihr kleine Geschenke, sagte ihr immer wieder, ich würde sie so gerne einmal ganz berühren und auch mit ihr schlafen wollen. Doch sie wies mich jedes Mal energisch zurück. Wir Männer seien einfach viel zu grob für sie, war noch die freundlichste Erklärung, die sie mir gab. Im Bett bevorzuge sie Partnerinnen, die sie verstehen, die sanft und zärtlich zu ihr sind und sich mit ihr auf Augenhöhe befinden, und das könnten nun einmal nur Mädchen und Frauen sein, beschied sie mir in einem sehr abweisenden Tonfall.

Irgendwann akzeptierte ich es für mich, jedenfalls kämpfte ich nicht weiter dagegen an.

Bevor ich sie kennenlernte, kam ich mir als Mann stets recht selbstsicher vor. Auch hatte ich es bei den Frauen nie besonders schwer. Doch sie verunsicherte mich in vielerlei Hinsicht. Manchmal glaubte ich gar, ich müsste beim anderen Geschlecht wieder ganz von vorne anfangen, wenn ich mich nach ihr noch einmal in eine andere Frau verliebte.

Allerdings möchte ich jetzt nicht unbedingt den Eindruck aufkommen lassen, die Zeit mit ihr sei für mich durchgängig schrecklich gewesen. Im Gegenteil: Manchmal konnte es an ihrer Seite auch wirklich sehr schön und lustig sein. Und hin und wieder hatte ich sogar ein kleines Erfolgserlebnis, das mich innerlich triumphieren und jubilieren ließ.

Ich erinnere mich beispielsweise an einen schon länger zurückliegenden Fall, da kam sie sehr verärgert nach Hause. Offenbar war irgendetwas auf der Arbeit schief gelaufen. Worum es sich dabei genau handelte, weiß ich leider nicht, aber so wichtig war es wohl auch nicht.

Jedenfalls hat sie geschrien, herumgezetert und mich ganz schön zur Schnecke gemacht. Ich zog es vor, mich gleich in die Küche zurückzuziehen und ihr etwas Leckeres zu kochen. Davon hat sie allerdings nur eine einzige Gabel probiert. Prompt flog der ganze Teller an die Wand.

Später rief sie eine ihrer drei Freundinnen herbei. Die war an dem Tag ganz besonders laut im Bett, jedenfalls viel lauter als sonst. Damals wusste ich noch nicht, was sie mit ihren Mädchen im Bett so alles anstellt, aber so, wie es sich anhörte, fickte sie die Kleine schlicht und ergreifend hart durch, und zwar mit einem Umschnalldildo.

Später haben sich die beiden in der Küche ganz schön wild gezofft. Als die Kleine schließlich weg war, ging es mit ihrer Brüllerei unverändert weiter. Bald flogen weitere Teller durch die Gegend.

Irgendwann kam sie in mein Zimmer gerauscht, um mir nur ganz kurz aufzutragen, ich sollte sofort unter die Dusche springen und dann zu ihr ins Arbeitszimmer kommen. Dort drückte sie mich sogleich auf eine Ledercouch und machte sich an die Bearbeitung meines Schwanzes heran. Während ich also nackt und breitbeinig auf dem Sofa saß, kniete sie im Fersensitz unmittelbar vor mir und blies, was das Zeug hielt.

An diesem Abend schaffte sie es doch tatsächlich, mich innerhalb recht kurzer Zeit viermal in ihrem Mund zu entladen, obwohl sie sich bereits am Morgen ihre obligatorische Spermadosis abgeholt hatte.

Von einer Sekunde zur anderen wurde sie zahm wie ein Täubchen. Als sie sich an die abschließende Säuberung meines Gliedes machte, blickte sie fast ehrfurchtsvoll und mit ihren zartesten Rehaugen zu mir auf.

EROTISCHES BODYBUILDING

»Danke Alex. Ich bin heute von einigen Menschen sehr schwer enttäuscht worden. Um es genauer zu sagen: von allen, außer dir. Selbst Charlotte nervte vorhin herum und meinte mir doch tatsächlich sagen zu müssen, ihr würde nun alles ganz fürchterlich wehtun. Was für eine schreckliche Mimose! Dann muss sie halt mal einen ganzen Tag lang die Zähne zusammenbeißen! Mir ging es heute nicht gut. Jedenfalls bis gerade eben, bis zu dir. Das hätte ich dir gar nicht zu getraut. Puuh, was bin ich jetzt vielleicht müde. Komm Alex, lass uns schlafen gehen. Trag mich in mein Bettchen. Heute darfst du ausnahmsweise die Nacht darin mit mir verbringen.«

Ich konnte die ganze Nacht kein Auge zudrücken. Im Bad hatte sie sich noch schnell ein ultraknappes, supersexy Nachtkleidchen übergezogen, und so lag sie dann direkt neben mir, tief und ruhig schlafend, während ich mich immer enger an ihren Rücken heranrobbte und eine Hand mal hier und dort hinlegte, scheinbar rein zufällig auch auf ihren Busen. Innerlich triumphierte ich: Manchmal geht eben nichts über einen richtigen Schwanz, das würden alle diese Frauen schon noch einsehen müssen, sagte ich mir innerlich. Ich war glücklich, sie an diesem Abend zufriedengestellt zu haben, was im Laufe des Tages nicht einmal ihrem Lieblings-Betthäschen Charlotte gelungen war. Von einigen wenigen Unterbrechungen abgesehen hatte ich die ganze Nacht über einen Dauerständer.

Doch zurück zu meinem speziellen Bodybuilding. Auch wenn ich es anfangs nicht glauben wollte und sich in den ersten Wochen auch kaum etwas tat, so konnte ich die sich über einen größeren Zeitraum einstellenden Verbesserungen jedenfalls nicht länger ignorieren. Nach zwei Jahren war mein Schwanz auf stolze 24 x 7 Zentimeter angewachsen. Und selbst diese Größe beherrschte sie noch immer absolut meisterlich im Stile einer professionellen Schwertschluckerin.

Obwohl ich nun also über ein wirklich extrem großes Glied verfügte, war sie trotzdem noch immer nicht zufrieden. Ihr Ziel stand von Anbeginn an mit fünfundzwanzig Zentimetern fest, und davon war sie beim besten Willen nicht abzubringen. Es durfte kein einziger Millimeter an der ursprünglichen Vorgabe fehlen. Ich glaube, in ihrem Job war sie nicht anders. Irgendwann fasste ich mir ein Herz und fragte sie, warum die

Schwanzlänge für sie so wichtig sei. Warum müsse mein Glied unbedingt dermaßen riesengroß sein?

Ihre Antwort warf mich fast um.

»Alex, deine Aufgabe ist es, mich regelmäßig mit deinem köstlichen und stärkenden Cocktail zu versorgen. Dafür bist du auf die Welt gekommen. Nenn es meinetwegen deine Bestimmung. Nun bist du aber ein junger Mann, und junge Männer können bekanntlich nicht treu sein. Du hast es ja selbst bei deiner Ex bewiesen. Noch während ihr beide zusammen wart, hast du sie mit mir betrogen.«

»Moment Sabine, so ganz stimmt das aber nicht. Wir hatten damals keinen Sex. Du hast mir lediglich einen geblasen, was sich übrigens bis heute nicht geändert hat. Im Grunde bin ich ihr noch immer treu, denn du hast mich nur benutzt!«

Sie lächelte süffisant. »Ach komm Alex, nun drück nicht so auf die Tränendrüse, das steht dir nicht! Wie ich sehe, hast du dich bestens informiert und deinen Clinton gründlich gelesen. Wie auch immer: Irgendwann würdest du eines dieser unverbesserlichen jungen Dinger, die noch immer so blöd sind, richtige Schwänze in sich reinzulassen, anmachen und mit ihr ins Bett gehen. Doch dabei würde mir nicht nur zeitweise dein Liebestrunk entgehen, sondern du könntest ihr gar ein Kind machen. Und dann hätte ich dich wohl für alle Zeiten verloren. Es ist aber nicht deine Aufgabe, Kinder zu zeugen, sondern du gehörst einzig und allein mir. Und deshalb werden wir deinen Schwanz so sehr vergrößern, bis er bei den kleinen Mädchen beim besten Willen nicht mehr hineinpasst. Man kann ihn dann höchstens noch zum Blasen verwenden. Und das kann ich ohnehin viel besser als die jungen Dinger, hinter denen du den halben Tag herschaust. Alex finde dich einfach damit ab: Dein Samen gehört mir und niemandem sonst! Und der Spender dazu natürlich erst recht! Deiner Ex würdest du garantiert schon jetzt nur noch wehtun. Mit einem solchen Ding wollte sie dich nicht einmal mehr geschenkt zurückhaben!«

Bei ihren letzten Worten schaute sie mit großen Augen und anscheinend äußerst belustigt auf mein edelstes Körperteil, zumal ihr Zeigefinger – nach einer einleitenden, fast affektiert wirkenden Hand- und Armbewegung – genau darauf zielte.

EROTISCHES BODYBUILDING

Ein einziges Mal durchlebte unsere Beziehung eine ernsthafte Krise, und die hatte etwas mit Charlotte zu tun.

Sabine bekam fast jeden Tag Besuch von einer ihrer Freundinnen, mal war es die eine, dann wieder die andere. Manchmal gingen sie zunächst noch gemeinsam aus, doch in aller Regel landeten sie sogleich im Bett. Meine Aufgabe bestand darin, sie während dieser Zeit mit Getränken und weiteren Köstlichkeiten zu versorgen, sie also letztendlich zu bedienen. Meist riefen sie mich dann kurz zu sich, und ich nahm von Sabines Schlafzimmertür aus ihre Bestellungen entgegen. Leider gelang es mir bei solchen Gelegenheiten nie, auch nur den kleinsten Teil ihrer Körper zu Gesicht zu bekommen. Sie lagen zwar beide unbekleidet im Bett, hatten sich vor meinem Eintreten jedoch stets noch rechtzeitig ganz züchtig mit Laken und Oberbetten bedeckt.

Sabines Lieblingsfrau war ganz eindeutig Charlotte, und sie war auch die älteste von ihnen, nämlich etwa in meinem Alter. Die beiden anderen dürften allerhöchstens achtzehn Jahre alt gewesen sein.

Unsere Krise begann an Charlottes dreiundzwanzigsten Geburtstag. Ich brachte den beiden gerade ihre zweite Rotweinflasche ins Zimmer – und beide waren zu diesem Zeitpunkt bereits ziemlich angeheitert – als Charlotte unvermittelt laut kichernd meinte:

»Hi hi, und das soll wirklich stimmen? Du willst mich bestimmt nur auf den Arm nehmen!«

»Doch Liebes! Habe ich dich jemals belogen?«, antworte Sabine auf ihre unnachahmliche Weise.

»Ja aber vierundzwanzig Zentimeter! Das geht doch gar nicht!«

Nun war es also raus. Die beiden Lesben quatschten über mich, und zwar offenbar schon eine ganze Weile. Kommentarlos und ohne mir etwas anmerken zu lassen, stellte ich das Tablett mit dem Rotwein und den Gläsern neben ihrem Bett ab, als die Katastrophe schließlich ihren Lauf nahm.

»Liebste, bitte, bitte! Ich habe doch heute Geburtstag, oder?«

»Und was oder?«, fragte Sabine ein wenig strenger.

»Ich möchte ihn so gerne einmal sehen. Bitte, bitte!«

All das, was Sabine in Bezug auf Schmollmund und Rehaugen anzuwenden verstand, schien Charlotte nicht minder zu beherrschen.

»Kannst du nicht einmal eine Ausnahme machen, weil ich mir das jetzt so sehr an meinem Geburtstag wünsche? Ja, Liebste? Versprochen?« Charlotte schaute sie geradezu unwiderstehlich an.

»Okay, Liebes, aber nur das eine Mal, das sage ich dir! Ich führe ihn dir kurz vor, und danach will ich davon absolut nichts mehr hören! Niemals mehr! Schwörst du?«

Das ganze Bett schien zu erbeben, als Charlotte vor Begeisterung mit ihren Beinen auf die Matratze trommelte, während sie gleichzeitig in einen lauten Jubel ausbrach. Sabine versuchte trotz ihrer deutlich wahrnehmbaren Alkoholisierung eine sehr ernste Miene zu bewahren. Schließlich wies sie mich an, mich in meinem Zimmer auszuziehen und dort auf sie zu warten. Sie würde in wenigen Minuten folgen, so ihre Worte, was sie dann auch tatsächlich in einem ihrer aufregendsten Nachtkleidchen tat.

Dort legte sie mir ein Halsband an, in das sie eine Hundeleine einklinkte, genauso wie sie es immer hielt, wenn sie mich wieder einmal zum Andreaskreuz führte oder ich sie in knapper Bekleidung durch die Wohnung tragen sollte. Und an dieser Hundeleine zog sie mich nun in ihr Schlafzimmer, wo Charlotte bereits mit weit aufgerissenen Augen auf mich wartete. Was sie sah, schien sie zu begeistern.

»Huuh! Darf ich ihn mal anfassen?«, fragte sie offenkundig sehr aufgeregt.

»Hier Liebes, nimm dazu die Hundeleine, und zieh ihn ganz langsam an dich heran. Und wenn du ihn dicht genug vor dir hast, ergreif einfach sein Ding. Das steht auf der Stelle wie eine Eins, das garantiere ich dir! Muss bei ihm genetisch sein!«, antwortete sie sachlich kühl.

Charlotte war völlig aus dem Häuschen. Mit kindhaft freudiger Erregung spielte sie an meinem Schwanz.

»Du Sabine kann ich dich ausnahmsweise noch etwas fragen? Aber bitte, bitte, nicht böse sein, ja? Du darfst mich danach auch gleich noch einmal ganz besonders lange mit deinem vögeln; der ist ja auch nicht sehr viel kleiner.«

Nun war es endgültig raus: Sie fickte ihre Mädchen mit einem offenbar recht voluminösen Umschnalldildo. Sabines Blick verfinsterte sich sofort ein ein ganzes Stück, doch entweder kam ihr sogleich die versprochene Belohnung in den Sinn, oder sie erinnerte sich der Tatsache, dass Charlotte heute Geburtstag hatte, jedenfalls war sie umgehend wieder äußerst liebevoll zu ihr.

»Und was möchtest du mich fragen, Liebes?«

»Ich möchte so gerne wissen, ob er bei mir reinpasst.«

Dies war nun allerdings eine Frage, die auch mich brennend interessierte, denn wenn es bei Charlotte funktionieren würde, ginge es bestimmt bei recht vielen anderen Frauen auch, und Sabines Theorie der Keuschhaltung durch Übergröße hätte einen empfindlichen Dämpfer erlitten. Allerdings befürchtete ich, dass Sabine selbst in einem solchen Falle keinen Rückzieher machen, sondern ganz im Gegenteil zusätzliche Zentimeter fordern würde. Aufgabe und Rückzug waren Wörter, die es für sie nicht gab.

»Okay Liebes, ausnahmsweise einmal, weil du heute Geburtstag hast. Zieh ihn an der Leine ganz langsam zu dir heran und versuch ihn in dich aufzunehmen, aber bitte nur kurz! Sei vorsichtig, Männer können sehr gefährlich sein!«

Jubilierend warf Charlotte ihre Oberdecke zur Seite und ich bekam sie endlich einmal in ihrer vollen Schönheit zu sehen. Zu meiner Überraschung war sie naturbelassen: Es lachte mich nämlich ein wunderschöner, tiefschwarzer Busch an, der das Blut in meinem Glied sofort pulsieren ließ. Außerdem roch sie nach ihr, oder genauer gesagt, nach sich und ihr, das heißt, nach Frau hoch zwei. Mein Glied begann bereits zu schmerzen, so steif war es nun.

Sie setzte die Spitze meiner Eichel direkt vor ihre Öffnung und zog mich Millimeter für Millimeter an der Hundeleine in sich hinein. Es funktionierte tatsächlich. Sie pfählte sich auf diese Weise praktisch selbst. Nur wenige Minuten später hatte mich ihre Vagina vollständig aufgenommen und regelrecht verschlungen. Doch dann passierte etwas, was nicht hätte passieren dürfen.

Keck zog sie in ihrem angetrunkenen Zustand an der Hundeleine und rief dazu: »Hasso fass!«

Ich kann mich beim besten Willen nicht mehr daran erinnern, was damals wirklich in mir vorging, jedenfalls hatte Charlotte mit ihrer ruckartigen Bewegung und ihrer knappen Anweisung etwas in mir ausgelöst, das mir in der Folge restlos entglitt. Von einer Sekunde zur anderen verlor ich meine Hemmungen und vor allem die Kontrolle. Fast fühlte ich mich wie ein Bullterrier-Rüde, der endlich in seiner Hündin steckte. Ich legte ihre Fußgelenke auf meine Schultern, während ich mich gleichzeitig mit meinen Pranken auf ihre Arme und Schultern stützte. Es war ihr nun absolut unmöglich, mir noch zu entkommen.

Und dann fickte ich sie gnadenlos durch. Im Grunde war es eine Vergewaltigung. Ich spürte, wie Sabine verzweifelt an meiner Hundeleine riss, doch meine trainierten Nackenmuskeln gaben nicht nach. Später muss sie geradezu panisch mit Peitschenhieben auf mich eingedroschen haben. Von all dem verspürte ich nichts.

Ich jagte Charlotte in ihrem angetrunkenen Zustand von einem Höhepunkt zum anderen, während ich mich gleichzeitig dreimal in ihr ergoss. Erst danach verlor mein Glied schließlich ein wenig an Festigkeit, sodass mir ihre Muschi langsam entglitt. In dem Moment bedauerte ich es von ganzem Herzen, kein wirklicher Rüde zu sein, denn sonst hätte ich auch die nächsten Minuten noch fest mit ihr verbunden sein können.

Als ich wieder zur Besinnung kam, wurde mir schlagartig bewusst, welche Freveltat ich gerade begangen hatte. Fast willenlos ließ ich mich von Sabine ans Andreaskreuz binden, wo sie ihre Peitschenhiebe noch stundenlang wutschnaubend auf mich niedergehen ließ.

EROTISCHES BODYBUILDING

Die nächsten Tage und Wochen sollten schrecklich sein. Nicht nur, dass ich von ihr ganz regelmäßig ans Andreaskreuz gebunden und in der Folge auch ausgepeitscht wurde, viel schlimmer waren ihre Bestrafungen per Blick und Wort und ihr grässlicher Liebesentzug. Doch die allergrößte Gemeinheit hatte sie sich für meine täglichen Entsaftungen aufgehoben. Statt sie wie bislang auf einem bequemen Sofa oder gar in ihrem Bett vorzunehmen, fesselte sie mich nun stets ans Andreaskreuz, wobei sie meine Taille und meine Hüften zusätzlich so durch Bänder und Seile fixierte, dass ich meinen Unterleib praktisch keinen Millimeter mehr bewegen konnte.

Ihr Vergnügen schien unermesslich zu sein, als sie mir ihre neue Entsaftungsprozedur ankündigte.

»Das, was jetzt kommt, werden wir in Zukunft immer so machen: Wer nicht hören will, muss fühlen. Oder sollte ich besser sagen: Wer nicht hören will, darf nicht fühlen?«

Sie grinste mich geradezu verächtlich an.

Gleich darauf machte sie sich in gewohnter Weise über meinen Schwanz her. Ich befürchtete zwar das Schlimmste, aber zunächst lief alles wie gewohnt. Routiniert brachte sie mich schon bald zum Orgasmus, doch genau in dem Augenblick, als ich schließlich in ihrem Mund explodierte, passierte es: Sie hörte abrupt mit ihren Bewegungen auf und ließ ihren Mund lediglich o-förmig um meinen Penis verharren, wodurch sie mir den Orgasmus restlos ruinierte. Wehren konnte ich mich dagegen nicht, denn ich war an der entscheidenden Stelle fixiert. Statt mich mit einem wundervollen, leicht schmerzenden und pulsierenden Gefühl schubweise in ihr zu ergießen, rann mein Samen völlig freud- und gefühllos aus mir heraus. Es war ein absolut frustrierendes Erlebnis.

Sie wiederholte den Vorgang mehrere Male hintereinander, dies mehrmals täglich und das wiederum wochenlang: Sie hatte mich meines Orgasmus beraubt.

Wenige Wochen später war ich bereits so zermürbt, dass ich mich in meiner puren Verzweiflung ihr zu Füßen warf und sie flehentlich um Vergebung bat.

»Sabine, ich weiß, dass ich einen schweren Fehler begangen habe. Aber so halte ich das nicht länger aus. Bitte verzeih mir!«

»Ach, du hältst das nicht aus? Typisch Mann! Und warum sollte deiner Meinung nach Charlotte deinen Übergriff aushalten können? Kannst du mir das einmal verraten?«, kam es kühl aus ihrem Munde zurück.

»Sabine, es tut mir wirklich leid. Sie hat meinen Schwanz in sich hineingezogen, mich wie einen Hund behandelt, und dann sind leider bei mir alle Sicherungen durchgebrannt«, flehte ich sie erneut an.

Doch sie blieb stur. »Das ist ja genau das Problem mit euch Männern. Man wähnt sich als Frau in Sicherheit, doch urplötzlich und völlig unvorhersehbar knallt bei euch irgendeine Sicherung durch, und schon wird man verprügelt oder vergewaltigt, wie zum Beispiel Charlotte unlängst von dir. Benehmt euch doch einfach mal wie zivilisierte Menschen! So schwer kann das doch nicht sein, oder? Immer diese Gewaltausbrüche! Schrecklich! Mein Gott seid ihr schwach!« Sie schien sich überhaupt nicht mehr einkriegen zu können, so prasselten die Argumente aus ihr heraus.

»Sabine, es tut mir leid, und es soll auch nicht mehr vorkommen. Was kann ich tun, damit du mir verzeihst?«, versuchte ich es ein weiteres Mal.

»Alex, so einfach geht das leider nicht. Schau mal, jetzt schwörst du mir hoch und heilig, dass so etwas nicht mehr vorkommen würde. Hätte ich dich aber noch am Tag vor Charlottes Geburtstag zum selben Thema gefragt, hättest du mir genau das Gleiche geantwortet. Wetten? Wie soll ich mich denn so auf dich verlassen können? Stell dir vor, ich lasse dich noch einmal – wie es irrtümlich schon geschah – in meinem Bett schlafen. Vielleicht fällst du dann mitten in der Nacht über mich her und vergewaltigst mich, weil wieder irgendeine Sicherung bei dir durchgerastet ist! So abwegig ist das doch nicht, oder?«

EROTISCHES BODYBUILDING

Es fiel mir schwer, in diesem Moment ernst zu bleiben, denn ich musste innerlich über mich selbst lachen: »Ja Sabine, genau das würde ich dann am liebsten tun«, schoss es mir durch den Kopf.

Doch ich vermied es, sie in der aktuellen, für mich äußerst ungünstigen Situation zu provozieren. »Sabine, du hast doch damals selbst gesehen, wie gut das im Bett mit uns beiden gegangen ist. Ich habe dich kein einziges Mal angerührt.«

»Und das soll ich dir jetzt glauben?«, fragte sie kühl zurück.

In meiner Verzweiflung versuchte ich es noch einmal mit einem etwas anderen Ansatz. »Vielleicht ist es ja sowieso nicht gut, mich die ganze Zeit so sehr von euch Frauen abzuschirmen. Dadurch staut sich manches auf. Als Charlotte ihre Decke zur Seite schlug, bekam ich zum ersten Mal seit langer Zeit wieder eine nackte Frau zu sehen. Und wie gut sie roch! Nach dir und nach ihr. Das war für mich kaum auszuhalten.«

»Du meinst, ich sollte dich für weibliche Reize desensibilisieren?«

»Jedenfalls stärker daran gewöhnen. Sabine, was kann ich tun, damit du mir wieder gut bist?«

»Hm, über die Gewöhnung werde ich einmal nachdenken. Ansonsten: einmal morgens, dreimal nach der Arbeit, einmal in der Nacht. Fünf tägliche Abzapfungen also! Okay?«

»Fünfmal am Tag? Okay, ich versuche es. Was bleibt mir auch anderes übrig?«, seufzte ich.

Sabines Stimmung kehrte schlagartig ins genaue Gegenteil um. Im Grunde war sie von einer Sekunde auf die andere wieder ganz die alte. Auch sonst änderte sich in der nächsten Zeit einiges. Beispielsweise durfte ich recht häufig bei ihr im Bett übernachten. Irgendwann gestand sie mir sogar beiläufig, sie selbst sei sehr froh darüber, dass ich wieder meine regelmäßigen Höhepunkte bekäme. Denn einerseits lieferte ich dann deutlich mehr Saft für sie, andererseits sei es ein wunderbares Gefühl, einen Mann zum Kommen zu bringen und zu erleben, wie er explodiert und ihm dabei seinen Samen zu rauben.

Doch auch Charlotte trug wesentlich dazu bei, dass sich die Wogen wieder glätteten. So lief sie, wenn sie ins Bad wollte oder in der Küche noch etwas zu erledigen hatte, nicht selten völlig unbekleidet durch die Wohnung. »Das soll wohl die versprochene Desensibilisierung sein«, dachte ich insgeheim.

Irgendwann stand ich in der Küche und kochte Kaffee, als sie im Evakostüm dazutrat, um für sich und Sabine eine Flasche Wein zu holen. Ich nutzte die Gelegenheit, um mich auch bei ihr offiziell zu entschuldigen.

»Charlotte, ich wollte mich schon lange bei dir für mein damaliges ungebührliches Benehmen entschuldigen. Sorry, ich hoffe du bist mittlerweile ein wenig darüber hinweg. Es soll nicht wieder vorkommen. Kannst du mir noch einmal verzeihen?«

Sie schaute mich mit einem undurchdringlichen Mona-Lisa-Lächeln an. Unvermittelt kam sie barfuß auf mich zugetrippelt, stellte sich unmittelbar vor mich auf die Zehenspitzen und drückte mir dann – während ich noch erwartete, eine von ihr gescheuert zu bekommen – blitzschnell ihre Lippen auf meinen Mund, wobei ihre Zunge tief in mich vordrang. Wir verharrten für einige Sekunden in dieser Position. Schließlich löste sie sich, lächelte mir kurz zu, um mir im Hinausgehen noch zuzuraunen: »Jetzt sind wir quitt. Schau mal wieder rein.«

Ihr letzter Satz ließ mich für eine längere Zeit nicht mehr los.

Einige Monate später begegneten wir uns zufällig in der Uni. Sie verriet mir, dass sie eine kleine Wohnung in der Leipziger Straße hat, ganz in der Nähe der Universität also. Nach Vorlesungsende besuchte ich sie dort.

Wir gingen sofort miteinander ins Bett. Obwohl ich mir zunächst die allergrößte Mühe gab, äußerst sanft zu ihr zu sein und sie nicht zu fest zu stoßen, kam sie praktisch im Minutentakt zum Höhepunkt. Irgendwann trommelte sie nur noch hilflos mit den Fäusten auf meine Brustmuskeln und mit den Füßen auf meine Hüften, doch zu dem Zeitpunkt störte mich das längst nicht mehr: Ich machte ungerührt weiter. »Da muss sie jetzt durch«, waren meine Gedanken. Es war ein Wahnsinnsgefühl! Im Anschluss war sie total fertig und rang minutenlang nach Luft. Gleich darauf küsste sie mich jedoch sehr süß und kuschelte sich an mich an. Manchmal kommt es eben doch auf die Größe an!

Allerdings hielt ich mich mit eigenen Höhepunkten bei ihr zurück, denn über das bereits von Sabine geforderte Pensum hinaus war ich beim besten Willen zu keinen weiteren Samenergüssen mehr in der Lage. Dafür hatte Charlotte auch vollstes Verständnis, doch mein Verzicht war ihr auch aus anderen Gründen recht: Sie unterhielt zurzeit nur zu Sabine eine sexuelle Beziehung und deshalb verhütete sie nicht. Ja und Kondome, die kann man bei mir komplett vergessen.

Bevor ich mich wieder auf den Nachhauseweg machte, duschte sie mich gründlich ab, denn Sabine sollte von unserem Verhältnis nichts wissen. Mir fiel dabei auf, dass ihre Beine noch immer leicht zitterten. Wir verabredeten uns für einen der folgenden Tage.

Nachdem unser Verhältnis über mehrere Monate unverändert bestand, beschlossen wir, uns einmal einen ganzen Tag Zeit zu nehmen, um uns nur über uns selbst zu unterhalten.

Uns wurde sehr schnell klar, dass es wohl das Beste für uns beide wäre, während des Studiums noch bei Sabine zu bleiben, denn immerhin finanzierte sie mit ihren Zuwendungen einen Großteil unserer Ausbildung. Doch insgeheim sehnten wir uns danach, später zusammenzuziehen und vielleicht sogar eine kleine Familie zu gründen. Wir hatten uns längst ineinander verliebt.

Ich fragte Charlotte, was ihr das Verhältnis mit Sabine noch bedeute.

Als sie antwortete, legte sie eine Hand auf meinen Arm. »Ich hoffe, ich verletzte dich nicht Alexander, aber für mich sind die Stunden mit ihr sehr erregend und meist auch äußerst befriedigend.«

»Aber sie fickt euch Mädchen doch auch nicht viel anders durch, als wir Männer das tun. Was soll denn daran Besonderes sein?« Mir war ihre Einstellung ein Rätsel.

»Sorry, Alexander, das siehst falsch. Klar, sie ist mir gegenüber dominant, und genau deshalb fickt sie mich. Meist will sie mich ein paar Mal kommen sehen, so ähnlich wie bei dir. Aber sie ist eine Frau, und einer Frau gegenüber kannst du als Frau keine Geheimnisse haben. Ich könnte ihr zum Beispiel niemals einen Orgasmus vorspielen, ...«

»Mir auch nicht«, warf ich betont männlich ein.

»... das würde sie sofort merken. Sie spielt auf meinem Körper wie auf einem Klavier, sie versteht ihn einfach. Sie weiß genau, wo es wehtut und wo nicht, und womit sie mich kriegen kann. Das macht die Sache so ungemein erregend. Ich fühle mich von ihr durchschaut und ihr restlos ausgeliefert.

Außerdem ist sie sehr erfahren. Ich war achtzehn und noch ziemlich verklemmt, als sie mich schließlich rumgekriegt hat. Sie hat mir in der Liebe alles beigebracht, auch mich gelehrt, mich und meinen Körper zu mögen. Vorher hatte ich nur ein paar kurze Beziehungen zu Jungs, die aber alle irgendwie sehr schwierig waren. Schon das erste Zusammensein mit ihr war dagegen die reinste Offenbarung. Sie fasste ganz fest an meine Nippel und küsste mich auf den Mund. Und dann meinte sie: ›Entspann dich, Liebes, lass einfach los. Ich werde mir alles nehmen, was du hast. Und glaub mir, ich bekomme es auch. Ich bekomme immer alles, was ich will!‹ Hat sie ja dann auch. Wenn du selbst noch unsicher bist, ist es ein gutes Gefühl, mit jemandem im Bett zu sein, der sehr egoistisch ist und dabei vor allem an sich denkt. Ich habe hierdurch total loslassen können.«

»Heißt das, du würdest das Verhältnis selbst dann gerne fortsetzen, wenn wir schon zusammenleben?«

»Ich befürchte, das würde nicht funktionieren. Sabine geht es nämlich vor allem um die Macht. Uns Frauen hält sie von euch Männern fern, und euch Männer von uns Frauen. So etwas bereitet ihr großes Vergnügen. Ich glaube, am liebsten würde sie uns Frauen so lange an sich binden, bis wir keine Kinder mehr kriegen können. Stell dir dagegen vor, wir beide würden schon zusammenleben und sie zweimal die Woche aufsuchen. Ihr würde das vermutlich nichts geben, weil sie in einer solchen Konstellation nicht wirklich Macht über uns hätte.

EROTISCHES BODYBUILDING

Ganz unabhängig von dir wünsche ich mir aber auch in Zukunft eine sexuelle Beziehung zu einer Frau, und zwar am liebsten zu einer, die dominant ist, die weiß, was sie will, und sich bei mir alles nimmt. Könntest du damit leben?«

»Wenn sie gut eingeritten ist: warum nicht?« Ich grinste über das ganze Gesicht.

»Nun komm, Alexander. Du verstehst sehr wohl, was ich meine.«

»Liebling, grundsätzlich habe ich damit kein Problem, schließlich lernte ich dich als Lesbe kennen und lieben. Trotzdem würde ich es nur unter einer Bedingung erlauben.«

»Und die wäre?«

»Keine Dusche hinterher!«

Charlottes Befürchtungen bezüglich Sabine erwiesen sich als unbegründet. Vor zwei Monaten fassten wir uns schließlich ein Herz und gestanden ihr unsere Liebe. Wie erwartet reagierte sie zunächst ausgesprochen verärgert. Doch erstaunlicherweise legte sich das schon recht bald wieder, denn auf einmal fand sie die Idee sehr reizvoll, gleich ein ganzes Paar zu dominieren. Sie ermunterte uns sogar, baldmöglichst zu heiraten, denn die gemeinsame Behandlung eines Ehepaares könnte ihr noch deutlich mehr Befriedigung geben.

Bei Charlottes Besuchen stellte sie sich sogleich auf die veränderte Situation ein. An diesen Tagen saugte sie mich für gewöhnlich dermaßen restlos aus, dass für Charlotte garantiert nichts mehr übrig blieb. Außerdem verlangte sie von mir, beim Kommen besonders laut zu sein, damit Charlotte es auch ganz gewiss mitbekam, eine weitere Geste der Unterwerfung, die sie uns zumutete. Ferner musste mein Penis so lange Gewichte tragen, wie sie mit Charlotte zugange war, und das konnte wahrlich dauern. Oft ließ sie dabei die Türe zum Schlafzimmer sperrangelweit offen stehen, damit ich – derweil am Andreaskreuz leidend – genau mitbekam, wie sie meine Liebste zum Schreien brachte.

Daneben machte sie sich weiterhin andere Mädchen gefügig.

Unlängst fragte ich sie, ob sie den Gedanken noch immer nicht verworfen habe, sie könne meinen Penis so sehr verlängern und verbreitern, dass er bei Charlotte irgendwann doch nicht mehr hineinpasse.

»Das wäre in der Tat sehr schön«, meinte sie völlig unverblümt. Denn dann könnte ich Charlotte kein wirkliches Vergnügen mehr bereiten, sondern nur noch sie. Doch ich konnte sie in der Hinsicht beruhigen:

»Sabine, wenn man wirklich will, kann man alles erlernen, sogar sich von einem Monsterschwanz lustvoll ficken zu lassen. Und Charlotte will es lernen, egal wie viele Zentimeter es am Ende sind. Und sie wird es auch schaffen, denn schließlich gehört sie zum starken Geschlecht!«

DER MALER UND SEINE MUSE

Ich begegnete Robert das erste Mal auf einer Vernissage. Mir stand an jenem Abend überhaupt nicht der Sinn nach Bildern und Skulpturen und nach moderner Kunst sowieso nicht, doch gegen die Überredungskunst meiner Freundin Lea war ich machtlos. Sie nahm mich einfach an die Hand und schleppte mich in die Ausstellung: Widerstand war zwecklos.

»Laura, du musst endlich wieder auf andere Gedanken kommen. Dass dich der Moritz mit seiner Ex hintergangen hat, war schlimm. Doch irgendwann muss mit deiner ewigen Heulerei auch mal Schluss sein! Geh endlich wieder aus, und wenn es nur mir zuliebe ist. Ach übrigens: Auch andere Mütter haben hübsche Söhne!

Ich bin heute Abend auf eine Vernissage eingeladen; ausgestellt sind Arbeiten recht bekannter moderner Künstler, beispielsweise Lacour. Ich könnte dich dort ohne Probleme mitnehmen. Hübsche Frauen kommen sowieso überall rein. Süße, mich interessieren die Kunstwerke auch nicht wirklich. Aber meist stehen auf solchen Veranstaltungen eine ganze Menge coole Typen herum, und Schampus for free gibt es auch. Nun komm schon, Laura, gib dir endlich einen Ruck! Allein habe ich nämlich keine Lust, dort hinzugehen.«

Wenig später bedauerte ich es bereits sehr, Leas Überredungskünsten nicht mehr Widerstand entgegengebracht zu haben. Denn kaum waren wir dort, ließ sie sich von einem sehr gut aussehenden jungen Mann in ein Gespräch verwickeln und wich ihm schon bald keinen Schritt mehr von der Seite. Mir blieb also nichts anderes übrig, als mich mit einem Sektglas bewaffnet von Bild zu Bild und von Skulptur zu Skulptur zu bewegen und jede Menge gespieltes Interesse und scheinbare Expertise zu mimen. »Schade, dass ich meinen iPod nicht dabei habe, denn dann könnte ich ganz stilecht mit Mussorgskis ›Bilder einer Ausstellung‹ an den Kunstwerken entlangschlendern«, kam es mir in den Sinn.

Für einen Augenblick blieb ich vor einem Bild stehen, das mich unvermittelt ein wenig stärker in seinen Bann zog. Es zeigte eine Landschaft voller antiker griechischer Säulen, die jedoch mehr oder weniger wahllos in der Gegend herumlagen, als handelte es sich um das Ergebnis großer Zerstörung. Lediglich in seinem Zentrum stand eine letzte aufrechte Säule. Sie war mit einer metallenen Kette umwickelt, durch die sich ein Rosenstrauch wand.

»Gefällt Ihnen das Bild?«

Ich erschrak. Ein etwa 40-jähriger, sehr maskulin wirkender Mann riss mich mit seiner sonoren Stimme aus meinen Tagträumen.

»Ich weiß nicht so recht. Es spricht mich aus irgendeinem Grund sehr stark an, und zwar mehr als alle anderen Objekte, die ich bislang betrachtet habe.«

»Mir sagt das Bild überhaupt nicht zu«, erwiderte er zu meiner Überraschung.

»Und warum?«

»Weil etwas ganz Entscheidendes darauf fehlt.«

Nun hatte er mich neugierig gemacht. »Und das wäre?«

»Sie!«

Von einer Sekunde zur anderen lief ich knallrot an.

»Wie bitte?«

»Sie haben schon ganz richtig gehört. Ich sagte ›Sie!‹«

Allmählich gewann ich meine Fassung wieder. »Kann es sein, dass Sie mich gerade ziemlich plump von der Seite anmachen wollen?«

»Ich möchte Ihnen lediglich bei der Interpretation des Bildes behilflich sein«, kam es im unschuldigsten Tonfall aus ihm heraus.

Ich stemmte die Fäuste in die Hüften. »Und warum sollte Ihnen das besser gelingen als mir?«

»Weil ich es gemalt habe.«

Ich war perplex. Völlig konsterniert schaute ich ihn an. »Sie sind Robert Lacour?«

DER MALER UND SEINE MUSE

»Du kannst gerne Robert zu mir sagen. Und mit welcher reizenden jungen Frau habe ich es gerade zu tun?« Freundlich lächelte er mich an.

»Ähm, ich heiße Laura, und ich bin nur hier, weil mich meine Freundin Lea unbedingt dabei haben wollte.«

»Dann sollte ich mich wohl nachher noch bei Lea bedanken. Wo ist sie denn eigentlich?« Ironisch schmunzelnd sah er sich um.

»Sie steht schon die ganze Zeit mit dem etwas langhaarigeren Mann dort drüben zusammen. Seitdem bin ich bei ihr völlig abgemeldet.«

»Und aus lauter Langeweile hast du dir dann nichtssagende Bilder und Skulpturen angeschaut?«

Ich musste lachen. Mir gefiel seine leicht provokante Art.

»Es war ja nicht alles langweilig und nichtssagend. Zum Beispiel das Säulenbild hier.«

»Richtig, wir wollten uns noch über mein Bild unterhalten! Wie spricht es denn zu dir?« Es war klar, dass er nicht locker lassen würde.

»Ich weiß nicht recht. Es ist dieser Gegensatz aus Zerstörung, Ordnung und Gefangensein, der mich berührt und zugleich irritiert hat.«

Seine Hand wies auf das Bild, sein Blick blieb unverändert provokativ auf mich gerichtet. »Es möchte auch irritieren. Das Bild drückt nämlich das Dilemma des modernen Mannes aus. Nimm die Säulen als Phallussymbole. Sie stehen für den Mann an sich, der im Grunde heute nur zwei Alternativen hat: Entweder frei und ungebunden zu leben, doch damit zerstört er sich selbst. Oder sich an eine Frau zu binden. Dann kann er zwar länger aufrecht stehen, wird dafür aber von ihr in Ketten gelegt, wodurch er alle seine Freiheiten verliert. Verstehst du nun, warum gerade du darauf noch fehlst?«

Ich wertete seine Worte als verschärftes Flirten. »Nein, kein bisschen!«, gab ich frech zurück.

»Was hältst du davon, unser Gespräch bei einem gemeinsamen Abendessen fortzusetzen?«, hielt er unbeirrt dagegen.

»Jetzt?«

»Ja Laura, genau jetzt!« Er sagte es in etwa so, wie ein leicht genervter Lehrer zu einer aufmüpfigen fünfzehnjährigen Schülerin.

Verlegen schaute ich zu Boden. Natürlich reizte es mich sehr, mich mit diesem äußerst attraktiven und bekannten Künstler noch etwas länger zu unterhalten oder gar mit ihm zu Abend zu speisen. Ich fühlte mich durch sein Angebot ausgesprochen geehrt. Auf der anderen schien mir die ganze Sache mehr als durchsichtig zu sein. Ganz eindeutig ging es ihm in erster Linie darum, mich möglichst schnell ins Bett zu bekommen.

»Kannst du denn einfach so gehen? Das ist doch teilweise auch deine Ausstellung, oder?«, versuchte ich ihn hinzuhalten.

»Das hat mich noch nie interessiert. Ich kann tun und lassen, was ich will!«

»Eine umgefallene Säule dann bald also …«, murmelte ich leise vor mich hin.

Energisch hob er meinen Kopf am Kinn, sodass ich ihm direkt in die Augen schauen musste.

»Also wenn du jetzt nicht endlich ›Ja‹ sagst und mit mir essen gehst, dann vergesse mich noch.«

»Mmh, auf den Champagner könnte ich schon eine Kleinigkeit vertragen. Aber ich verpflichte mich dabei doch zu nichts, oder?« Ich lächelte ihn voller Unschuld an.

Erneut hob er mir den Kopf wie den eines kleinen Kindes und schaute mir tief in die Augen.

»Schätzchen, wenn du beim Essen so weitermachen willst wie bislang, dann werden wir in jedem Fall nachher noch gemeinsam in der Kiste landen, da gibt es überhaupt kein Vertun! Verpflichtet bist du zwar zu nichts. Aber wenn du dir deine Unschuld über den heutigen Abend hinaus bewahren

DER MALER UND SEINE MUSE

möchtest, dann solltest du dich auf der Stelle ändern, und nicht ich!«

Er hatte das Mortons Steakhouse im Westend gewählt. Schon auf der Taxifahrt dorthin entlockte er mir, dass ich Soziologie im dritten Semester studierte und zurzeit sehr unglücklich war, da mich mein Freund unlängst mit seiner Ex betrogen hatte.

Wir waren gerade erst bei der Vorspeise angekommen, als er mit seiner offenbar präzise geplanten Offensive begann.

»Ach ja, Laura, bevor ich es vergesse. Geh doch bitte ins Bad, zieh dir dort BH und Höschen aus und übergib mir deine Sachen hier am Tisch.«

Mir blieb fast der Atem stehen. Fassungslos schaute ich ihn an.

»Was soll ich tun?«

Seine Stimme war streng und keineswegs sonderlich leise. »Laura nun mach es mir doch bitte nicht unnötig schwer. Du hast mich genau verstanden, hättest du sonst ein solches Gesicht gemacht? Nein, natürlich nicht. Was ist mit euch Mädchen denn eigentlich los? Ich habe einen ganz einfachen Wunsch geäußert, sogar ›Bitte‹ gesagt. Kannst du mir irgendeinen vernünftigen Grund nennen, mir diesen Wunsch nicht voller Freude zu erfüllen?«

Für einen Moment schaute ich ganz betreten in das vor mir stehende halb gefüllte Weinglas.

»Robert, ich schäme mich dann. Auf der Vernissage war ich mit Blazer, durchsichtiger schwarzer Bluse und einem dazu passenden BH in zarter Spitze korrekt angezogen. Doch wenn ich gleich keinen BH mehr anhabe, dann kann man mir durch die Bluse hindurch direkt auf die Brüste starren.«

»… und diesen herrlichen Anblick möchtest du mir, der dich heute zu diesem hervorragenden Abendessen und dem noch viel vorzüglicheren Wein eingeladen hat, verwehren? Möchtest du mir das mitteilen?«, unterbrach er mich abrupt.

»Nein, nicht unbedingt. Aber der Kellner wird mich dann bestimmt die ganze Zeit anstarren. Und ohne Höschen fühle ich mich nackt und schutzlos. Würde dir das nicht so gehen?«

Er blickte mich an, als hätte ich etwas absolut Empörenswertes gesagt. »Ob mir das auch so gehen würde oder nicht, spielt doch überhaupt keine Rolle. Wer von uns beiden ist die Frau? Also ehrlich! Und was der Kellner über deine Titten denkt, who cares? Laura, hier spielt die Musik. Es geht um mich, nicht um den Kellner! Würdest du dich bitte jetzt in Richtung Bad bewegen, oder muss ich erst ungemütlich werden? Soll ich dir die Sachen ausziehen? Wenn ich dein Höschen nicht spätestens in fünf Minuten in meinen Händen halte, werde ich selbst Hand anlegen und es dir herunterreißen, und zwar hier vor allen Leuten. Von einem Künstler wie mir erwartet die Öffentlichkeit sowieso nichts anderes. Vielleicht ist jemand von der Presse da, der kann dann gleich ein paar hübsche Fotos schießen. Mir werden sie nicht schaden, ganz im Gegenteil.«

Ich war innerlich wie erstarrt und wagte kaum zu atmen. In meiner Verzweiflung schaute ich mir die Wanddekoration an. Derweil trommelte Robert mit seinen Fingern ungeduldig auf die Tischdecke.

»Laauura!« Er zog meinen Namen betont in die Länge, wobei er gleichzeitig gelangweilt mit den Augen rollte.

»Ich warte. Komm Schätzchen, nun mach endlich! Ich habe nicht den ganzen Abend Zeit für solche Kindereien.«

Fast beiläufig gab er mir einen leichten Klaps auf den Oberarm. Wie in Trance stand ich auf und bewegte mich in Richtung Bad. Auf dem Rückweg verschränkte ich sicherheitshalber die Arme vor der Brust und zog ein wenig die Schultern hoch, als wenn es mir schrecklich kalt wäre. Gleichzeitig richtete ich meinen Blick starr auf den Boden. Ich bildete mir ein, wenn ich niemanden ansähe, ich auch für alle anderen vollkommen unsichtbar sein müsste.

Als ich mich setzte, bemerkte ich, dass meine Knie bereits leicht zitterten.

DER MALER UND SEINE MUSE

»Geht doch! Sieht übrigens so viel besser aus. Süße, wo hast du denn deine Wäsche gelassen?« Mit erwartungsfrohen Augen blickte er mich an.

»In meiner Handtasche.«

»Dann gib sie mir bitte! Es war so ausgemacht«, sagte er streng.

»Ausgemacht? Wir hatten überhaupt nichts ausgemacht! Du wolltest, dass ich mich hier vor allen Leuten blamiere! Mich wie eine Nutte benehme! Und ich Blödmann bin auch noch darauf eingegangen. Ich könnte mich glatt ohrfeigen dafür!«

Er lachte laut auf. »Nicht mich? Immerhin! Laura, nun lass bitte endlich dieses nervige Herumgezicke. Gib mir deine Wäsche!«

Äußerst unwillig öffnete ich meine Handtasche, entnahm ihr BH und Höschen, knüllte beide Wäschestücke so gut es ging zusammen, und reichte sie ihm in geschlossenen Händen. Ich war mir sicher, dass niemand sonst etwas davon bemerkt haben konnte. Doch zu meinem großen Entsetzen breitete er die Wäscheteile in aller Seelenruhe vor sich auf dem Tisch aus. Anschließend verstaute er meinen BH im Zeitlupentempo in der rechten Seitentasche seines Sakkos, wobei er die Träger vorwitzig herauslugen ließ.

»Süße, du verkrampfst dich. Komm, lass uns darauf anstoßen.«

Er selbst nahm nur einen winzigen Schluck, während ich – um wieder etwas zur Ruhe zu kommen – das ganze Glas leerte.

Doch meine Qualen sollten noch nicht zu Ende sein. Als sei es die natürlichste Sache der Welt, führte er mein Höschen an seine Nase, um intensivst daran zu schnuppern. Mein Gesicht lief knallrot an. Am liebsten wäre ich auf der Stelle aufgesprungen und davongelaufen. Tränen kullerten über meine Wangen. Ich konnte einfach nicht verstehen, wie er mich vor all diesen fremden Menschen so kompromittieren konnte!

Während sich Roberts Nase immer tiefer in mein Mieder versenkte, winkte er den Kellner herbei, damit er mein Glas ein weiteres Mal auffüllte. Dessen Augen schienen nun regelrecht an meinen Brüsten zu kleben.

»Es ist wirklich von Vorteil, dass in solchen Restaurants nicht mehr geraucht werden darf. Da lohnt es sich wieder, mit einem Mädchen wie dir auszugehen und ihren süßen Duft zu atmen. Aber trink noch einen Schluck, Schätzchen, das wird dich wieder entspannen. Komm! Nicht dass du mir noch gleich mit dem Kopf auf die Tischplatte schlägst.«

Erneut leerte ich das halbe Glas in einem Zug, während er lediglich recht vorsichtig am Wein nippte. Keine zehn Sekunden später war der Kellner zur Stelle, um mein Glas ein weiteres Mal aufzufüllen. Es konnte nun kein Zweifel mehr daran bestehen, dass auch er mir an diesem Abend seine vorrangige Aufmerksamkeit schenken würde.

Mühsam gewann ich meine Fassung zurück. Eine innere Stimme sagte mir, dass es nicht schaden könnte, mehr Klarheit über den weiteren Verlauf des Abends und insbesondere Roberts Absichten zu erlangen.

»Sag mal Robert, versuchst du mich etwa betrunken zu machen?«

»Ja.«

»Und wozu?«

»Laura, ich glaube nicht, dass du das wirklich wissen möchtest.«

»Und ob mich das interessiert! Was soll das? Ich habe dir doch vorhin schon meine Unterwäsche ausgehändigt, was mich viel Überwindung gekostet hat. Du musst mich doch überhaupt nicht alkoholisieren, wenn du nur mit mir ficken willst. Es weiß doch eh längst jeder hier im Restaurant, dass du mich nach dem Abendessen noch vernaschen wirst.«

Er grinste geradezu unverschämt. »Laura, ich habe keineswegs angenommen, dass ich dich nur mit ausreichend viel Alkohol ins Bett bekommen werde. Bei einer Frau wie dir reicht ein einfaches Abendessen. Dann kriegst du alles von ihr.«

DER MALER UND SEINE MUSE

»Danke! Und warum dann dieser ganze Aufwand? Was hast du mit mir vor?«, hakte ich nach.

»Was ich mit dir vorhabe? Schätzchen, ich möchte mich gleich noch zwei oder drei Stunden mit dir vergnügen. Dafür solltest du dann aber auch ausreichend locker sein. Den ganzen Abend über warst du schrecklich verkrampft, in Gedanken bei deinem Freund und seiner Ex, deinem Studium und den ganzen sonstigen Sorgen, die man sich in deinem Alter noch macht. Ich möchte, dass du dies heute Abend alles vergisst und dich ganz der Liebe hingibst. Vielleicht geht es beim nächsten Mal auch ohne Alkohol, aber ich denke, heute wird er dir helfen, zu dir und deiner Sexualität zu finden.«

Robert war ein großartiger Liebhaber. Vom Alter her hätte er zwar fast mein Vater sein können, aber genau das machte die Sache so reizvoll für mich, denn er verfügte über etwas, was meinen bisherigen gleichaltrigen Freunden stets gefehlt hatte: Sicherheit, Souveränität und Bestimmtheit. Ohne mich groß zu fragen, nahm er sich genau das, wonach ihm gerade gelüstete, und ich gab mich ihm bereitwillig hin.

Außerdem war er auf eine geradezu himmlische Weise zärtlich.

Zunächst begnügte er sich damit, mit meinen feuchten Lippen und den Brustwarzen zu spielen. Er streichelte meinen Nacken und berührte ihn ganz liebevoll und sanft mit den Fingerkuppen, die von dort über meine Schulter und weiter über die Innenseite meines Arms strichen, alles äußerst zärtlich, bis zur Ellenbeuge und zurück. Sodann begann er, die sanften Linien meines Körpers mit der flachen Hand nachzuzeichnen. Eingehend schien er sich der Weichheit und Nachgiebigkeit jedes Zentimeters meiner Haut vergewissern zu wollen.

Mit seinen Fingern fuhr er von meinem Nabel zum Venushügel und von dort zu meiner Spalte. Anschließend kehrte seine Hand zur Brust zurück, glitt an meiner Hüfte entlang abwärts, um sich der Innenseite der Schenkel zu widmen. Meine Seufzer wurden in dem Maße, wie sich die Liebkosungen steigerten und die Hand zwischen meinen Schenkeln hin und her wechselte, länger und heiserer. Seine Fingerspitzen fuhren zwei- oder dreimal von unten nach oben an meiner Spalte entlang, währenddessen seine andere Hand meine Pobacken streichelte. Schließlich spürte ich, wie seine kräftigen Finger zielstrebig in meine triefende Grotte vorstießen, wo sie ein wenig verweilten, um gleich darauf energisch nachzusetzen. Zärtlich führte er seine Finger über meine bereits geschwollenen Schamlippen, um gleich darauf meine harte, kleine Klitoris zu streicheln. Zugleich schob sich seine erfahrene zweite Hand von den Pobacken zum Beckenboden weiter und drang von dort in meine klatschnasse Spalte ein. Ich begann zu stöhnen.

Inzwischen saugte Robert an meinem Kitzler und den rosig schimmernden Schamlippen, küsste sie mit seinem zärtlichen Mund und leckte mich so lange und intensiv, bis ich befürchtete, den Verstand zu verlieren. Schon bald verlor ich die Kontrolle über meinen Körper und schrie ununterbrochen aus tiefster Kehle, mit weit geöffnetem Mund und meinen Kopf nach hinten geworfen. Dann endlich drang er in meine längst zum Bersten geschwollene Öffnung ein. Er hatte mich gut vorbereitet, denn nun bot sich ihm das einmalige Spektakel einer sich vor Lust windenden und in fortlaufenden Orgasmen unter ihm ergehenden jungen Frau. Als er das dritte Mal in mir gekommen war und sich erschöpft in meine Arme fallen ließ, bebte mein Unterleib noch minutenlang fort, bevor er schließlich auch zur Ruhe kam.

Zum Frühstück wurde ich in den Frankfurter Hof entführt, in dem ich mich angesichts der vielen feinen Geschäftsleute und älteren Ladys allerdings ein wenig deplatziert vorkam. Robert verdrückte eine riesige Portion Spiegeleier, Speck, Lachs und Shrimps, während ich mich hauptsächlich am Kaffee festhielt.

»Ich möchte nachher noch an einer Variante meines Bildes arbeiten, vor dem wir uns gestern Abend kennengelernt haben. Du wirst mir dabei behilflich sein und Modell stehen. Wie ich dir gestern schon sagte, fehlt auf dem Bild noch etwas, nämlich du. Aber das lässt sich ja leicht nachholen.«

DER MALER UND SEINE MUSE

Ich ließ mir meine Freude nicht anmerken. Welche jüngere Frau würde sich nicht darum reißen, einmal einem bekannten Maler Modell zu stehen? Am liebsten hätte ich auf der Stelle Lea angerufen, um ihr alles bis ins kleinste Detail zu berichten, auch von gestern Abend und unserer gemeinsamen Nacht. Ich konnte mir ihre Reaktion schon lebhaft vorstellen: »Boah, du kleine Schlampe! Und ich schlepp' dich da auch noch hin! Ich mach' mir Sorgen um meine Kleine, will sie mal wieder auf andere Gedanken bringen, und was machst du? Spannst mir die coolsten Typen aus!«

Ich beschloss, Lea nicht länger warten zu lassen und machte mich auf den Weg zu den Toiletten. Und tatsächlich kippte sie bereits bei den ersten Sätzen meiner Schilderung regelrecht aus den Schuhen. Ich versprach ihr, sie noch am gleichen Abend zu besuchen, um ihr alles Weitere haarklein zu erzählen.

Allerdings hatte ich noch einen zweiten Grund für meinen plötzlichen Aufbruch in Richtung Bad: Ich wollte Robert erneut mein Höschen überreichen, welches ich noch am gestrigen Abend anstandslos von ihm zurückerhalten hatte. Geschwind streifte ich es mir im Bad vom Leib und verstaute es direkt neben mein Handy in die Handtasche. Stolz und elegant schritt ich zum Frühstückstisch zurück.

»Eine kleine Aufmerksamkeit des Hauses«, flüsterte ich ihm zu, als ich das kleine Nichts in aller Öffentlichkeit vor ihm auf den Frühstückstisch legte. Niemals zuvor hatte mich ein Mann so verliebt angeschaut, wie er das nun tat.

Kaum waren wir in seinem Atelier angekommen, forderte er mich auf, mich vollständig zu entkleiden. Sodann hatte ich mich vor eine Säule zu stellen und den rechten Arm nach oben zu strecken und den linken nach hinten und im Halbkreis um die Säule herum. Um beide Handgelenke legte er fleischfarbene, mit Klettverschlüssen schließbare Manschetten, die er anschließend an dafür vorgesehene Haken befestigte. Ich war nun vollständig fixiert und hätte mich beim besten Willen nicht mehr selbst befreien können. Hinter meine Brustwirbelsäule legte er ein kleines Kissen, um meine Brüste ein wenig auszustellen. Und schließlich umwickelte er mich noch mit einem längeren Seil, sodass ich nun regelrecht an die Säule angebunden war. Auf eine

Fesselung mit einer Eisenkette, wie es wohl eher seiner Vorstellung entsprach, verzichtete er mir zuliebe glücklicherweise.

Er hatte seine Arbeit noch keine zehn Minuten aufgenommen, als er seine Malutensilien bereits wieder beiseitelegte und mich mit sorgenvoller Miene betrachtete.

»Schätzchen, man merkt, dass du damit noch wenig Erfahrung hast. Du bist nicht du selbst, nicht wirklich entspannt! Eine Möglichkeit wäre es, dir jetzt eine halbe Flasche Rotwein einzutrichtern, aber dann sackt vielleicht noch dein ganzer Kreislauf ab. Ich versuche es besser anders.«

Mit diesen Worten kam er gemächlich auf mich zu, küsste mich intensiv auf den Mund und machte sich lustvoll über meine Nippel her. Das eine Mal streichelte er sie nur ganz zärtlich mit den Daumen, ein anderes Mal nahm er sie so fest zwischen seine Finger, dass ich am liebsten laut aufgeschrien hätte, was er mir jedoch verwehrte, da er meinen Mund längst mit seinen Lippen verschlossen hatte.

Ich spürte, wie seine Hand langsam an meinem Bauch hinabglitt und sich zärtlich an meine mittlerweile klatschnasse Öffnung anschmiegte. Sanfte Finger umkreisten meine Klitoris und die Schamlippen, um sodann tief in das Innere meiner warmen Vulva vorzudringen. Seine zweite Hand hatte sich derweil fest in meinen Nacken gelegt, während sich seine Zunge ihren Weg zwischen meinen Lippen bahnte.

Gleich darauf legte er los, indem er mich energisch und unnachgiebig mit seinen Fingern fickte. Ich war ihm dabei völlig ausgeliefert, und so gab ich mich ihm restlos hin. Meine Feuchte benetzte seine Finger und seine ganze Hand, von wo sie langsam an den Innenschenkeln hinablief und schließlich zu Boden tropfte. Stoßartig hoben und senkten sich meine Brüste und mein Atem intensivierte sich. Meine Vagina begann sich fester um seine Finger zu schließen. Tief in meinem Unterleib verspürte ich die ersten Anzeichen eines pulsierenden, süßlichen Schmerzes, wie er langsam und unaufhaltsam in mein Bewusstsein vorzudringen versuchte. Ich entspannte mich am ganzen Körper und warf den Kopf in den Nacken. Ich ahnte, dass ich gleich so weit sein würde. In meinen Ohren konnte ich

DER MALER UND SEINE MUSE

bereits die Glocken leise klingeln hören. Ich hole noch einmal tief Luft, um mich umso intensiver meiner Lust und seinen Fingern hingeben zu können.

Doch just in diesem Augenblick beendete er das teuflische Spiel seiner Hände und ließ mich mit meinen intensiven Lustgefühlen unmittelbar vor dem Point of no Return zurück. Flehentlich bettelte ich ihn mit den Augen an, mir die letzte Befriedigung noch zu gewähren. Meine Enttäuschung war riesengroß, dass er sein Werk nicht zum Abschluss bringen wollte, doch gleichzeitig durchströmte mich auch die köstliche Qual des Hingehalten- und Hinausgezögert-werdens, so als habe jemand anderes die letzte Kontrolle über mich erhalten.

»Süße, vorne an der Tür hat es geklingelt. Ich gehe mal schauen, wer es ist.«

Völlig frustriert und noch ein wenig mit dem Becken wippend hing ich in den Seilen, als sich meine Gefühle urplötzlich von allergrößter Lust in blankes Entsetzen wandelten, denn Robert führte ein offensichtlich recht betuchtes Paar mittleren Alters, das gleich mehrere Bilder für ihr neues Domizil an der französischen Mittelmeerküste in Auftrag geben wollte, in aller Seelenruhe durch sein Atelier.

Die sehr elegante und schlanke Frau schien aber am eigentlichen Besuchsgrund schon bald nicht weiter interessiert zu sein, denn längst hatte sie nur noch Augen für mich.

»Robert, ich hoffe wir kommen nicht ungelegen und stören Dich bei etwas.«

»Nein, lass mal Brigitte, ihr seid mir jederzeit ganz herzlich willkommen.«

»Jederzeit? Na, wenn das so ist.« Der ironische Unterton ihrer Frage war nicht zu überhören, dennoch ließ Robert sie unbeantwortet. Während sich ihr Ehemann intensiv mit einer Auswahl seiner aktuellen Werke beschäftigte, kam Brigitte langsam, aber dennoch zielstrebig auf mich zu. Süffisant lächelnd richtete sie ihren Blick auf meine feuchten Innenschenkel.

»Wie heißt du denn, Liebes?«

»Laura. Robert hat mich gebeten, für ihn heute Modell zu stehen.«

»Ach, nennt man das jetzt so?«

Sanft schob sie ihre Hände wie Halbschalen unter meine Brüste und ließ meine Knospen von ihren Daumen zärtlich umkreisen. Anschließend begann sie, meine Brustwarzen zwischen ihren Fingern zu zwirbeln. Der von ihr ausgelöste köstliche Schmerz betörte mich über alle Maßen. Meine Brüste hoben sich im Rhythmus meines Atems, der jetzt schwerer ging. Schon bald war ich wieder genau dort, wo mich Robert vorhin zurückgelassen hatte. Sie lächelte mich fast spöttisch an. Offenbar ahnte sie, dass sie mich auf diese Weise ganz leicht zum Höhepunkt bringen konnte.

Liebevoll strich sie mir über meinen dicht bewachsenen Venushügel. Mit der linken Hand zog sie meine äußeren Schamlippen auseinander, ließ einen Finger in meine Spalte gleiten und ging dann weiter mit sanften, kreisenden Bewegungen auf meinen Kitzler los.

»Liebes, er wird dich bestimmt gleich erlösen. Doch wie töricht von ihm. Er könnte so viel mehr von dir haben. Nur leider verstehen Männer im Allgemeinen nicht viel von Frauen. Bei mir hättest du heute den ganzen Tag zu zappeln. Du brauchst mich deshalb erst gar nicht so flehentlich anzuschauen. Ich werde dir den Gefallen sowieso nicht tun.«

Sie hatte meinen Blick vollkommen richtig verstanden. In diesem Augenblick hätte ich mich wirklich von jedem zum Höhepunkt bringen lassen, sogar von ihr. Hauptsache, es passierte endlich.

»Brigitte kannst du nicht wenigstens einmal die Finger von den jungen Dingern lassen?«, meldete sich ihr Ehemann aus dem Hintergrund mahnend zu Wort.

»Ich sehe schon, Liebes, mit uns wird das heute nichts mehr. Schade, wir hätten ein so gutes Team sein können. Aber man sieht sich im Leben immer zweimal. Wer weiß?«

Und damit verschwand sie aus meinem Blickfeld.

DER MALER UND SEINE MUSE

Kaum waren sie gegangen, machte ich Robert schwerste Vorhaltungen, mich erneut vor fremden Menschen so schrecklich kompromittiert zu haben. Doch er blieb völlig unbeeindruckt und grinste nur frech.

»Wenn du wütend bist, siehst du noch dreimal so reizend aus, wie sonst. Schätzchen möchtest du jetzt eigentlich noch kommen, oder nicht? Man könnte glatt den Eindruck gewinnen, es wäre dir egal. Ist das so?«

»Nein Robert, bitte mach endlich! Du kannst dann meinetwegen auch mein Höschen behalten und es zu den anderen Trophäen legen.«

»Ha ha, sehr witzig, Liebchen. Aber ich mache dir einen anderen Vorschlag. Ich bin heute irgendwie nicht richtig inspiriert und würde deshalb viel lieber auf meinem Landsitz in der Toskana weiterarbeiten. Du gehst jetzt nach Hause, packst ein paar Sachen zusammen, und dann fliegen wir nachher gemeinsam nach Florenz. Rückkehr ist erst am Sonntag. Allerdings stelle ich eine Bedingung.«

»Und die wäre?«

»Du hältst dich bis heute Abend zurück, und zwar ohne Wenn und Aber!«

»Du willst mich also tatsächlich noch immer nicht erlösen?«

»Liebchen, wenn hier einer will, dann du. Aber du hast die freie Wahl: Entweder jetzt erlöst werden oder ein paar Tage mit mir in der Toskana. Als meine Muse sozusagen.«

Ich hätte am liebsten vor Freude aufgeschrien. Die Gedanken ratterten nur so durch meinen Kopf: »Klar würde ich gerne für ein paar Tage seine Muse sein! Wie romantisch! Doch was sollte ich Lea erzählen? Unsere Verabredung am Abend war damit natürlich geplatzt. Doch egal, ich würde meine Sachen packen und noch kurz bei ihr vorbeischauen. Unsere Verabredung müssten wir dann auf Sonntagabend verschieben. Oder besser auf Montag. Wer weiß?«

Ich war noch ganz in meinen Gedanken versunken, als ich mich plötzlich ohne bewusste willentliche Entscheidung ›Muse‹ sagen hörte.

KIARA SINGER

○●○●○

In Florenz nahm sich Robert einen Mietwagen, mit dem es zunächst ein ganzes Stück über die Autobahn ging und anschließend noch eine Weile auf schmalen Straßen durch äußerst malerische Landschaften. Als wir gegen 20 Uhr auf seinem abgelegenen Landsitz ankamen, war es noch immer sommerlich warm.

Ich hatte das Gefühl, durch die Autofahrt nun so richtig durchgeschwitzt und verschmutzt zu sein, und entschied mich, zunächst einmal zu duschen. Als ich aus dem Bad kam, um mir etwas Frisches anzuziehen, war mein Handgepäck fast vollständig leer geräumt, jedenfalls fehlten alle Kleidungsstücke darin. Und auch meine Sachen, die ich während des Fluges getragen hatte, waren nun verschwunden. Ich war mehr als überrascht.

»Robert, wo ist meine Kleidung hingekommen?«

»Liebchen, hingekommen ist nett gesagt. Ich habe sie für dich in Verwahrung genommen. Hier auf meinem Landsitz brauchst du keine Kleidung. Du wirst bis Sonntag nackt gehalten!«

Ich war konsterniert. Innerlich kochte ich vor Wut: »Was bildete sich der Mann ein, so über mich zu verfügen? Und was hatte er überhaupt in meiner Tasche zu suchen?« Mein Gesicht lief rot an, als ich meiner Enttäuschung freien Lauf ließ.

»Nein Robert, so haben wir nicht gewettet! Ich laufe doch nicht tagelang unbekleidet herum! Wer weiß, wer mich hier alles zu Gesicht bekommt. Robert, gib mir bitte jetzt sofort meine Kleidung zurück!«

Mich nicht weiter beachtend schob sich Robert gemächlichen Schrittes zur Tür, um von dort wild fuchtelnd und mit aller Kraft auszurufen:

»Hilfe, Hilfe! Vergewaltigung! Aiuto! Violenza! Polizia! Taxi!«

Nach einer kurzen Wartezeit meinte er – nun wieder ganz sanft:

»Ach ja, den Autoschlüssel habe ich auch versteckt. Liebchen, ich möchte dich in den nächsten Tagen malen und kann keine Muse gebrauchen, die den lieben langen Tag mit ihren Klamotten beschäftigt ist. Außerdem sieht man die Druckspuren von Kleidung manchmal stundenlang. Finde dich einfach damit ab! Das Leben einer Malermuse ist nun einmal so! Sie ist erstens ständig nackt und kann zweitens jederzeit von ihm gefickt werden. Im Schlafzimmer liegen übrigens ein paar hübsche Sonnenhüte herum. Nimm dir einen. You can leave your hat on! Und ein paar Sonnenstrahlen male ich dir gerne auch noch schnell auf die Schulter, als dein Musen-Tattoo sozusagen ...«

Langsam beruhigte ich mich wieder. Was hätte ich auch sonst tun können? Ich war ihm dort vollkommen ausgeliefert. Außerdem begann mich die Sache zu reizen: »Gleich mehrere Tage lang nackt an seiner Seite, wie Gott mich schuf, das könnte durchaus auch eine sehr interessante und erotische Erfahrung werden«, redete ich mir innerlich ein. Längst machte sich meine heute so abrupt alleingelassene Muschi wieder bemerkbar, so als wenn sie mir insgeheim mitteilen wollte, es könnte von Vorteil sein, sich in den nächsten Stunden nicht unnötig stark mit ihm anzulegen, schließlich ginge es auch noch um ihre Erlösung.

»Okay, du hast gewonnen. Ich füge mich. Etwas anderes hattest du wohl auch kaum erwartet, oder?«

»Nein, ich war der festen Überzeugung, du würdest mir gehorchen. So, wie es sich für eine gute Muse gehört.«

Es war draußen längst dunkel, als wir uns nach einem guten Abendessen zu einem Glas Rotwein nach drinnen setzten. Mittlerweile hatte ich mich an meine Nacktheit ihm gegenüber gewöhnt, zumal es draußen sehr warm war, und wir auf dem Landsitz wirklich völlig für uns waren. Ich fühlte mich plötzlich so frei, wie nie zuvor in meinem Leben.

Ich nahm gerade einen weiteren Schluck Rotwein, als ich in der Ferne ein allmählich lauter werdendes Motorradgeräusch vernahm. Und bald darauf konnte ich einen näher kommenden Lichtkegel erkennen.

»Das wird Luigi sein. Er bringt uns sicherlich Wein, Schinken, Käse, Eier, Geflügel, Olivenöl, Kräuter, Tomaten und etwas Brot. Ich habe es jedenfalls bei ihm bestellt.«

Mich packte erneut die Panik. »Aber was ist, wenn er mich gleich so sieht? Wickelst du die Angelegenheit mit ihm ab?«

»Nein Laura, das wird einzig und allein dein Job sein! Aber beruhige dich! Luigi sorgt während unserer Anwesenheit für unser leibliches Wohl. Ich bin seit vielen Jahren mit seinem Vater befreundet, der ganz in der Nähe einen exzellenten Gutshof betreibt. Luigi kannte ich bereits, als er noch ein kleiner Junge war. Er ist praktisch wie ein Sohn für mich. Er spricht übrigens sehr gut Deutsch, da er seit drei Jahren an der TU München Medizin studiert. Jetzt im Sommer ist er natürlich meist daheim bei seinen Eltern.«

Luigi war ein ausgesprochen attraktiver junger Mann und kaum älter als ich selbst. Er gefiel mir von der ersten Sekunde an. Umso mehr schämte ich mich nun meiner Nacktheit, zumal ich die von ihm gelieferten Lebensmittel auch noch in den Kühlschrank oder die dafür vorgesehenen Speisekammern einzuräumen hatte, und er mich dabei in aller Ruhe betrachten konnte.

»Luigi mach uns doch die Freude und trink noch ein Glas Wein mit uns. Ja?«, rief Robert aus dem Nebenraum.

»Gerne Robert. Meine Mutter hat sich ohnehin schon schlafen gelegt, und dann ist auf dem Hof nun wirklich nichts mehr los. Hier ist es nicht so wie in München, wo man die ganze Nacht noch etwas unternehmen kann. Die Ruhe hat aber auch sehr viel für sich. Ich merke das jedes Mal, wenn ich im Sommer wieder hier bin.«

Robert und Luigi nahmen mir gegenüber Platz, sodass ich ständig nervös auf dem auf meiner Sitzbank liegenden Handtuch hin und her rutschte. Außerdem bemühte ich mich krampfhaft, meine Ellenbogen so auf die Tischplatte aufzusetzen, dass Luigis Sicht auf meine Brüste möglichst eingeschränkt war. Daneben kam einmal mehr die bewährte Vogel-Strauss-Taktik zur Anwendung: Solange ich ihn nicht ansah, konnte er mich auch nicht sehen, jedenfalls in meiner Vorstellung.

DER MALER UND SEINE MUSE

»Liebchen, du wirkst sehr nervös. Hat das etwas mit Luigi zu tun?«

Ich wurde auf der Stelle knallrot.

»Ja, ähm, nein, es ist nichts. Ach du weißt schon, frag nicht so!«

»Vielleicht solltet ihr euch zunächst einmal miteinander bekannt machen. Meist hat man es danach leichter.«

»Aber wir haben uns doch vorhin schon begrüßt, nicht wahr Luigi?«

»So meinte ich das nicht.« Und mit diesen Worten nickte er Luigi auffordernd zu.

»Luigi, ich denke, du solltest ihr gegenüber die Initiative ergreifen«, raunte er ihm aufmunternd zu.

Luigi ließ sich das nicht zweimal sagen. Er stand auf, packte mich am Handgelenk und zog mich hinter sich in Richtung Schlafräume her. Sanft, und doch bestimmt setzte er mich auf das Fußende des Bettes ab, um sich gleich darauf seiner Kleidung zu entledigen. Als er seinen Slip abstreifte, bekam ich einen steil aufgerichteten, recht großen Penis zu Gesicht, der mich bereits voller Vorfreude anzulachen schien. Und auch meine Spalte meldete sich sogleich zurück. »Bitte bitte lass mich jetzt endlich kommen«, schoss es mir durch den Kopf.

Luigi packte mich seitlich meiner Brüste, schob mich energisch über das halbe Bett in die von ihm gewünschte Position und legte mich wie sein Spielzeug auf den Rücken. Er spreizte mir die Beine, um sie sogleich so anzuwinkeln, dass er es ganz besonders bequem mit mir haben würde. Ich spürte, wie die Spitze seines Schwanzes abwechselnd meine Schamlippen und meine Klitoris berührte. Ich wäre ihm dabei am Liebsten vor ungezügelter Lust noch ein ganzes Stück entgegengekommen, zumal meine Möse durch sein anregendes Spiel längst sehr feucht war. Er schien meine Erregung mit Freude wahrgenommen zu haben, denn schon bald stützte er sich auf meine Schultern und zog mich auf diese Weise näher und näher zu sich heran und damit letztlich direkt auf sein wie aus Stein gemetzeltes Glied, was mich zu einem wonnevollen

Stöhnen veranlasste. Ich konnte spüren, wie seine Hoden meinen Beckenboden berührten; offenbar war er in voller Länge in mich eingedrungen.

Eine kleine Weile verharrte er fast bewegungslos in mir. Als er sich schneller zu bewegen begann, war dies ein unbeschreibliches, neues Gefühl. Schon bald hatte ich den Erregungszustand vom Vormittag wieder erreicht. Mein Schoß, mein Bauch, mein gesamter Leib wurde von einer lustvollen Woge erfasst und gleich darauf explodierte ich unter ihm. Unaufhörliche Zuckungen durchfuhren mich.

Noch während ich meine Lust in die toskanische Nacht hinausschrie, gab er mir einen Kuss auf meinen feuchten, geöffneten Mund.

»Du bist gut. Viel besser als die meisten anderen Nutten!«

Ich war in dem Moment noch viel zu weggetreten, um ernsthaft darüber nachdenken zu können, ob dies ein Lob war, oder er mich gerade beleidigt hatte. Ich entschied mich, bei meiner bisherigen Einstellung zu bleiben, und mich möglichst gut und vollständig von ihm ficken zu lassen. Offenbar entsprach dies ja auch genau dem, was Robert von mir erwartete.

In den nächsten Minuten pumpte Luigi fast wie ein Besessener in mir, sodass ich schon nach kurzer Zeit ein weiteres Mal so weit war. Fast verzweifelt wand ich mich unter seinen energischen Stößen. Meine Möse verengte sich um seinen Schwanz, und gleich darauf begann alles in mir zu vibrieren. Heftig atmend und dann wieder laut stöhnend kam ich erneut, während er gleichzeitig seinen Samen in kräftigen Schüben in mich hineindrückte. Meine Vulva zog sich wieder und wieder zu, presste jeden Tropfen Sperma aus seinem heftig in mir zuckenden Schwanz. Keuchend sank er auf mich herab. Bald darauf löste sich sein Glied ein wenig in mir.

Zufrieden, ja fast verliebt, schaute er mich an.

»Ich habe es gerne, wenn sich Frauen nicht groß zieren und auch gut mitgehen. Du bist eine süße Maus. Schade, dass du schon vergeben bist.«

DER MALER UND SEINE MUSE

Die beiden Männer wechselten sich im Laufe des Abends noch einige Male ab. Ich wurde von beiden jeweils dreimal genommen, insgesamt also sechsmal, wobei sich die Vorgeschichten stets ähnelten: Kaum hatte sich mein aktueller Liebhaber in mir befriedigt, zog er sich an und führte mich zu meinem Sitzplatz zurück, wo sein Samen langsam in das unter mir liegende Handtuch tropfte. Wenn dann später einer der beiden erneut Lust auf mich bekam, nahm er mich an der Hand und zog mich ins Schlafzimmer hinter sich her, wo ich ihm ein weiteres Mal zur Verfügung stand.

An den darauf folgenden Abenden wiederholte sich das gemeinsame Spiel in ganz ähnlicher Weise.

Am Tag vor unserem Rückflug war Robert schließlich auch mit seinem Bild fertig. Mit dem Ergebnis war er außerordentlich zufrieden, entsprechend freudig und stolz präsentierte er es mir.

»Aber Robert, auf dem Bild liegt die Frau ja nun in Ketten, als wenn sie von der sich unmittelbar hinter ihr befindlichen Phallussäule vollständig beherrscht würde. Beim letzten Mal hast du mir aber noch etwas ganz anderes erzählt!«

»Das war gelogen.«

»Aha? Kommt das öfter vor?«

»Nein, nur wenn ich eine Süße wie dich unbedingt ins Bett kriegen möchte.«

»Was dir ja auch gelungen ist. Aber warte mal, ich glaube, du hättest mir jeden anderen Bären auch aufbinden können, ich wäre trotzdem mit dir ins Bett gegangen.«

»Das musste ich später auch einsehen. Aber zurück zum Bild. So ganz falsch war meine Erklärung nicht. Ich hatte dir lediglich die dritte Alternative verschwiegen. Du musstest ja nicht gleich alles wissen.«

»So? Und wie lautet sie?«

»Nun, in der dritten Alternative gewinnt der Mann die Herrschaft über die Frau. Das kann aber nur funktionieren, wenn er die Hoheit über ihre Sexualität erlangt.

Aus genau diesem Grund hast du hier stets nackt zu sein, während ich angezogen bin. Ich kann hierdurch die Kontrolle über dich behalten, andernfalls würdest du mich auf Dauer zerstören. Männer wollen Kontrolle. Doch nicht nur das: Sie müssen sogar die Kontrolle behalten, wenn sie nicht riskieren wollen, der Macht einer Frau zu erliegen und ihre eigenen Freiheiten zu verlieren. Wenn ein Mann frei und zufrieden leben möchte, darf er sich nicht zum Gefangenen einer Frau machen, sondern muss sie an sich binden und sie beherrschen. Das geht jedoch nur über ihre Sexualität, weil sie die eigentliche Urkraft des Lebens ist.

Aus diesem Grunde fehltest du damals auf dem Ausstellungsbild. Die Ketten waren schon da, aber es waren nicht meine, sondern deine. Als ich das Bild malte, war ich noch auf der Suche nach der idealen Frau, doch ich denke, jetzt habe ich die Frau meiner Träume endlich gefunden.

Ich war die letzten Tage sehr glücklich, sehr viel mehr als je zuvor in meinem Leben. Ich wünschte mir schon immer, eine Frau wie dich an meiner Seite zu wissen. Ich würde deshalb unser Verhältnis gerne fortsetzen und intensivieren. Allerdings unter einer Bedingung.«

»Ja?«

»Du schenkst mir deine Sexualität. Natürlich mit den exklusiven Verfügungsrechten an deiner Fotze und dem, was du sonst noch so zu bieten hast! Du weißt schon, das Übliche halt.«

Robert und ich sind nun schon fast ein Jahr zusammen. Im Sommer möchte er gleich für drei Monate mit mir in die Toskana. Ich soll nur das an Kleidung mitnehmen, was ich auf dem Leib trage. Luigi wird uns wieder regelmäßig mit Käse, Sahne, Schinken, Eiern, Geflügel, Tomaten, Kräutern, Olivenöl und weiteren toskanischen Köstlichkeiten versorgen. Und sich dabei natürlich mit mir vergnügen. Ich freue mich schon riesig darauf.

Vielleicht werden wir irgendwann einmal den größten Teil des Jahres auf unserem Landsitz verbringen.

FRAUENTAUSCH

Meinen Mann Wolfgang lernte ich bereits mit achtzehn Jahren kennen. Damals verliebte ich mich sofort unsterblich in ihn. Seitdem sind wir unzertrennlich und damit seit mehr als dreißig Jahren ein Paar. Unsere beiden Söhne sind längst aus dem Haus. Der Älteste studiert Physik in München, der Jüngste in London Volkswirtschaftslehre.

Seit einigen Jahren gehe ich wieder arbeiten, und zwar zweimal die Woche als Aerobic- und Pilateslehrerin in einem Fitnessstudio, und an den anderen Tagen helfe ich in einer Rechtsanwaltskanzlei aus. Ich bin dort vielleicht so etwas wie ein Mädchen für alles, allerdings schon ein recht spätes Mädchen.

Vor gut einem Jahr kam ich in die Wechseljahre. Ich weiß noch genau, wie ich damals zu mir dachte: »Mein Gott, das kann doch noch nicht alles gewesen sein!«

Mein Mann und ich lieben uns wirklich, da war ich mir zu allen Zeiten ganz sicher. Und dennoch wurde unser Sexualleben mit der Zeit immer bescheidener. Irgendwann war es dann nicht mehr so, wie es meiner Meinung nach in einer wirklich guten Ehe sein sollte.

In den ersten Jahren unserer Liebe waren wir regelrecht süchtig aufeinander, speziell auf unsere Körper. An den meisten Tagen schliefen wir mindestens zwei- oder dreimal miteinander. Ich hatte anfangs sogar einen richtigen Spleen, denn ich konnte den Gedanken nicht ertragen, sein Samen würde nach dem Sex aus mir herausfließen und somit für alle Zeiten verloren sein. Solange ich noch verhütete, bat ich ihn deshalb darum, stets nur in meinem Mund zu kommen, was er mir zuliebe auch tat.

Aber manchmal reichte mir selbst das noch nicht. Ich erinnere mich an ein gemeinsames Wochenende in Holland, an dem wir praktisch nicht mehr aus dem Bett kamen. Er musste wegen mir noch nicht einmal mehr aufstehen, um ins Bad zu gehen. Er schob dann einfach seinen Schwanz in meinen Mund und ließ es laufen. Ich war so verrückt nach ihm, dass ich unbedingt alle seine Säfte in mir haben wollte. Heute kann ich das kaum mehr nachvollziehen, aber damals war ich so. Ich war halt jung und damit auch ein bisschen verrückt. Vielleicht war dies mit ein Grund dafür, dass ich mich ihm später mehr und mehr unterordnete. Jedenfalls gab er in unserer Ehe ganz klar den Ton an.

Als dann die Kinder kamen – auch dabei verfügte er über mich – begann sich unser Sexualleben zu normalisieren. Ich weiß nicht, ob es an den sich verändernden Prioritäten lag, an der zunehmenden Gewöhnung aneinander, am Stress mit Familie und Beruf oder an ganz anderem. Jedenfalls machten sich damals die Schmetterlinge in unseren Bäuchen auf nimmer Wiedersehen auf den Weg. Seitdem schlafen wir nur noch zwei- oder dreimal die Woche miteinander, ungefähr so häufig also, wie es wohl die meisten Ehepaare tun.

Ein paar Mal haben wir darüber geredet, fanden aber keine akzeptable Lösung. Vielleicht hatte er damit auch viel weniger Probleme als ich, denn er ist damals garantiert ganz regelmäßig zu Nutten gegangen, alles andere würde mich bei einem Mann wie ihn wundern. Vielleicht gab es aber auch eine heimliche Geliebte, wer weiß?

Als die Kinder dann größer waren, sind wir einige Male abends in den Swinger-Klub gegangen. Er fragte mich vorher, was ich davon halte. Ehrlich gesagt war mir schon bei dem bloßen Gedanken daran ziemlich mulmig zumute, also antwortete ich fügsam, ich wüsste es beim besten Willen nicht. Doch er hatte sich längst dafür entschieden, und so blieb mir überhaupt nichts anderes übrig, als ihn dorthin zu begleiten. So oder so ähnlich sind bei uns die Dinge stets gelaufen. Leider gefiel es uns dort nicht. Mir fehlte vor allem die Erotik, und ich denke ihm auch. Heute weiß ich: Ihm bereitet so etwas nur dann Vergnügen, wenn es für mich lustvoll ist. Wie wenig man doch manchmal voneinander weiß, obwohl man schon so viele Jahre zusammen ist.

Nach nur wenigen Wochen ließen wir das Experiment wieder sein und machten wie immer weiter, mal ein bisschen mehr zusammen, meist aber ziemlich aneinander vorbei und mit dem sonderbaren Gefühl der Leere in uns.

Bis ihm vor einem halben Jahr die Idee zum Frauentausch kam, jedenfalls erwähnte er sie damals zum ersten Mal. Ich verstand zunächst überhaupt nicht, was er meinte, doch dann erklärte er mir, worauf die Sache hinauslaufen sollte: Er würde mich gegen die Frau eines anderen tauschen, erst nur für einen Abend, später vielleicht auch mal für ein ganzes Wochenende, und wenn es noch immer gut liefe, dann sogar für einen ganzen Urlaub.

»Und dann für immer«, kam es spontan aus mir heraus, doch er versprach mir sofort hoch und heilig und beim Leben seiner Mutter, dass ich für alle Zeiten seine Frau und einzige große Liebe bleiben würde.

Aber ich hätte ohnehin nicht groß etwas dagegen sagen können, denn er war längst viel zu sehr davon überzeugt, dass wir es probieren sollten. Er ließ mir auch diesmal keine Wahl.

Und so bat er mich eines Abends, mich bis auf meinen Schmuck, den Strapsgürtel und die Strümpfe auszuziehen, mir noch etwas Parfum aufzulegen, und dazu nur hochhackige Sandaletten und meinen Regenmantel anzuziehen. Ansonsten dürfe ich nur die Handtasche mitnehmen, wobei er auch hier genau festlegte, was sich darin befinden durfte und was nicht. Bevor wir aufbrachen, überprüfte er mich noch einmal ganz genau.

In seinem Wagen ging es zunächst eine halbe Stunde durch die Stadt und danach noch über die Autobahn, bis wir schließlich einen Parkplatz erreichten, auf den er sein Fahrzeug lenkte. Mittlerweile war es schon recht dunkel draußen. Wolfgang drosselte das Tempo und schaute sich suchend um. Am entferntesten hinteren Ende des Parkplatzes konnte man einen schwach beleuchteten einzelnen PKW erkennen. Er stieg kurz aus, um sich ein wenig umzuschauen, doch als er sich wohl ausreichend vergewissert hatte, stellte er seinen Wagen direkt neben das geparkte Fahrzeug ab, einen BMW, wie ich nun erkennen konnte. Die beiden Männer verhandelten ein wenig, wobei es wohl auch um die gegenseitigen Aids- und Hepatitis-Tests ging. Der mir bis dahin noch völlig unbekannte Mann kam schließlich auf mich zu und setzte sich direkt neben mich auf den Fahrersitz. Ich erschrak: Er war in etwa so alt wie mein Ältester, ich schätzte ihn auf höchstens fünfundzwanzig Jahre.

»Nun zieh mal deinen Mantel aus, damit ich dich genauer begutachten kann«, waren seine lapidaren Worte. Ich gehorchte ohne Widerworte. Eingehend prüfte er meine Brüste, zog an meinen Nippeln, zwirbelte sie, schob mir zwei Finger in den Mund und dann auch in meine längst feucht gewordene Spalte. Sodann forderte er mich zum Aussteigen auf, um sich ein umfassenderes Bild meines Fahrgestells machen zu können, wie er sich ausdrückte. Als er damit fertig war, küsste er mich mehrmals intensiv auf den Mund und ließ seine Zunge in mir spielen. Aus den Augenwinkeln heraus konnte ich erkennen, dass mein Mann auf seiner Seite gerade ungefähr das Gleiche tat. Der junge Mann schien mit der ihm angebotenen Ware recht zufrieden zu sein, denn er nickte Wolfgang einmal kurz mit dem Kopf zu. Dann nahm er meine Handtasche und meinen Mantel an sich und zog mich am Handgelenk hinter sich her. Nun hatte ich endlich Gelegenheit, auch einmal die Frau, mit der sich mein Mann die nächsten Stunden vergnügen wollte, etwas genauer zu betrachten. Die Schlampe war vielleicht gerade einmal einundzwanzig Jahre alt und hatte einen sehr festen, großen Busen. Sie schien meine Verunsicherung zu spüren, denn sie lächelte mich fast spöttisch an.

Nachdem ich auf dem Beifahrersitz des Fahrzeugs meines neuen Ehemanns auf Zeit – Leon – Platz genommen hatte, erläuterte er mir kurz die Regeln. Im Grunde war alles ganz einfach: Ich besaß an diesem Abend keinerlei Rechte, dafür aber eine Menge Pflichten.

Bei ihm zu Hause angekommen wurde ich sofort ins Schlafzimmer gezerrt und rücklings aufs Bett geworfen. Er zog sich gleichfalls aus, wobei er mich wissen ließ, nun erst einmal alle meine Öffnungen durchprobieren zu wollen.

Er stellte sich vors Bett, packte meinen Schopf und forderte mich auf, ihm einen zu blasen, wobei ich die ganze Zeit mit einem möglichst ehrfurchtsvollen Blick von unten zu ihm aufzuschauen hatte. Schon bald stand sein sehr großes Glied wie eine Eins. Respektlos drückte er mich auf den Rücken und drang ohne weitere Vorwarnung in mich ein. Seine Bewegungen waren hart, intensiv und unnachgiebig. Manchmal dachte ich, er habe vor, mich regelrecht zu spalten.

Mit jedem Stoß drang er ein wenig tiefer in mich ein. Bald füllte mich sein fester Kolben restlos aus. Seine linke Hand umfasste meinen Nacken, während er mit der rechten an meinen Knospen spielte. Gelegentlich beugte er sich zu mir hinunter, um mir einen weiteren Zungenkuss zu geben, für den ich stets ganz brav meine Lippen rundete. Und dann sagte er ein Wort, das mich einerseits völlig fassungslos und hilflos machte, ja geradezu verzweifeln ließ, auf der anderen Seite aber merkwürdigerweise meine Muschi erst so richtig in Fahrt brachte.

»Ja, komm Mutti, du kannst es doch. Bist eigentlich gar nicht mal so schlecht für dein Alter. So ist es schon besser. Mach dich ganz weit für mich, damit ich bis zum Anschlag in deine Fotze eindringen und dort gleich meinen Samen hinterlassen kann. Und nun stöhn mal ein bisschen lauter! Noch lauter! Lass dich nicht so hängen. Das ist kein Rentnerjob hier. Dir werde ich schon noch zeigen, wie sich 'ne richtige Ficknutte zu verhalten hat. Das bist du doch, oder?«

»Mutti!« Was bildete sich der Kerl bloß ein? Als ich kurz zu ihm aufschaute, sah ich in ein Paar spöttische braune Augen, die mit äußerster Geringschätzung auf mich herabblickten.

»Lauter, Mutti! Komm schon, du kannst es doch. Lass mich deine Lust hören!«

Er tätschelte ein paar Mal meine Wangen und zwickte mich dabei kräftig in die Brust. »Mach den Mund leicht auf, dann geht es besser!« Ich gehorchte. Während er mit seiner Zunge und seinen Fingern nachhalf, öffnete ich meine Lippen mehr und mehr und wurde lauter und lauter. Allerdings hatte ich ihm längst überhaupt nichts mehr entgegenzusetzen. Die intensive Atmung ließ mich schnurstracks auf meinen ersten Höhepunkt zueilen. Mir war das in dem Augenblick äußerst unangenehm, denn so vertraut war ich mit meinem neuen Ehemann noch nicht, und so viel sollte er von mir nicht haben. Doch es nützte nichts. Er drang unbarmherzig immer tiefer in mich ein, und schon bald spürte ich, wie sich ein leichter Schmerz unterhalb meines Bauchnabels langsam nach allen Seiten hin ausbreitete, wie ich mich entspannte und wie die inneren Kontraktionen kamen. Ich rollte die Augen, öffnete den Mund noch ein wenig mehr, krümmte den Rücken, sodass sich meine Brüste ihm entgegendrückten und mein Kopf leicht in den Nacken fiel, und dann begann auch schon mein ganzer Körper zu beben. Als ich ihm schließlich meine Lust entgegenschrie, füllte er meinen Unterleib schubweise mit seiner warmen Flüssigkeit auf.

Von einer Sekunde zur anderen wurde er äußerst zärtlich und liebevoll zu mir, liebkoste und leckte mich überall.

Doch schon bald ließ er seine rechte Hand unter meinen Rücken gleiten, um mit dem Mittelfinger unvermittelt meinen Anus zu penetrieren. Unwillkürlich sperrte ich mich gegen den unerwarteten Eindringling.

Peng! Ohne weitere Ankündigung hatte er mir eine geklebt. Meine rechte Wange begann prompt zu glühen. Wieder legte er seine linke Hand in meinen Nacken, jedoch diesmal noch erheblich fester als zuvor. Mit aufgebrachter, strenger Stimme raunzte er mich an: »Mach so etwas nie wieder, Mutti! Deinen Arsch nehme ich mir ohnehin gleich noch vor. Fang nicht jetzt schon so an! Haben wir uns verstanden?« Ich nickte ihm wortlos zu.

Ohne den Griff im Nacken zu lockern, drückte er seine Lippen fest auf meinen Mund. Er löste sich kurz, jedoch lediglich um äußerst grob in meine beiden Knospen zu beißen. Ein heftiger Schmerz durchströmte meinen Oberkörper, denn im nächsten Augenblick hatte er sein Vorhaben wahr gemacht: Er war mit seinem Mittelfinger ganz tief in mein Poloch eingedrungen. Gleich darauf nahm sich sein Penis wieder meiner Muschi an, und während er mich erneut ganz intensiv fickte, kam er auch noch mit seinem Ringfinger in meine geheime Pforte hinein.

Kurz bevor er seinen Höhepunkt erreichte, nahm er sein Glied aus mir heraus, hob mich energisch in eine sitzende Position an, und schob mir seinen vor Erregung fast berstenden Penis in den Mund, um mich dort auf die gleiche Weise weiterzuficken, wie er das unmittelbar zuvor in meiner Vulva getan hatte. Wenige Minuten später war er so weit, und etliche Ladungen Sperma ergossen sich in meinen Mund.

»Nicht schlucken, Mutti! Ich will erst meine Sahne auf deiner Zunge sehen.«

Er schaute mich belustigt an, während ich ihm meinen mit seinem Sperma aufgefüllten Mund präsentierte.

»Ist übrigens mein Hochzeitsgeschenk an meine neue Ehefrau. Wohl bekomm's!«

Gleich darauf packte er mich an der Gurgel und zwang mich alles herunterzuwürgen.

Später zog er sich an und machte mir eine Kleinigkeit zu essen. In der Küche tranken wir stehend einen Kaffee, wobei er mich von oben bis unten taxierte. Es war ein sehr sonderbares, aber auch erregendes Gefühl, unbekleidet vor diesem vollständig angezogenen jungen Mann zu stehen und von ihm in aller Seelenruhe betrachtet zu werden.

»Du bist noch richtig gut in Form für dein Alter. Und auch ganz schön fickfreudig. Respekt!

Aber ich habe noch etwas anderes mit dir vor. Ich bin nachher im Maritim Hotel mit einem Geschäftsmann verabredet, und zwar irgendwo in der Hotelbar, ich denke, wir werden ihn schon nicht verpassen. Er ist Mitte fünfzig, ein wenig korpulent, und erwartet eine Frau, die in etwa zu seinem Alter passt, also so eine wie du. Mutti für Papi halt.«

»Und was hättest du gemacht, wenn der Frauentausch heute nicht geklappt hätte, zum Beispiel weil wir erst gar nicht gekommen wären?«

»Das wäre auch kein Beinbruch gewesen. Dann hätte eben meine Frau rangemusst. Die hätte ihm schon glaubhaft verklickert, dass Mami unerwartet krank wurde und folglich sie – wenn er einverstanden wäre – heute Abend für Mutti einspringen würde.

Nun ist aber Mutti nicht krank geworden, sondern sie steht fickbereit und schon ein wenig feucht direkt vor mir.«

Mit diesen Worten griff er mir in den Schritt.

»Sag ich doch. Du bist 'ne echte Schlampe! Weiß dein Mann das eigentlich?«

»Ich bin keine Schlampe!«

»Und ob du das bist! Soll ich noch mal nachfassen?«

Bevor ich antworten konnte, hatte er es bereits getan.

»Schau dir meine Finger an! Klatschnass! Welche Erklärung könnte es sonst dafür geben?«

»Das ist alles sehr ungewohnt für mich. Vielleicht ist es nur meine Unsicherheit.«

Peng! Schon wieder hatte er mir eine Ohrfeige verpasst.

»Red nicht solchen Schwachsinn, Mutti! Dann sag lieber gar nichts. Mach einfach die Beine breit und den Mund nur für Schwänze auf. Klar?«

Ich nickte stumm.

»So, und jetzt erklär ich dir mal, wie es nachher läuft.

Wenn wir deinen Freier in der Bar aufgegabelt haben, wirst du ganz diskret deinen Mantel für ihn öffnen. Er darf dich dann eine Weile betrachten und auch abgreifen. Wer kauft schon gerne die Katze im Sack? Wenn ihm die Ware zusagt, gehst du anschließend mit ihm auf sein Zimmer.

Dort machst du dann alles, was er von dir verlangt, so ist das bei meinen Huren halt. Aber keine Sorge, der Typ ist in Ordnung und ziemlich normal. Trotzdem Mutti: Es wird nicht herumgezickt! Ich möchte in der Hinsicht nachher absolut keine Klagen hören.

Er hat dich für zwei Stunden gebucht, und dafür kassierst du von ihm 500 €, und zwar gleich zu Beginn. Denk also bitte stets daran: erst das Geld, dann die Arbeit. Und Ficken geht nur mit Kondom, klar?

Ach ja, die 500 € sind natürlich nicht für dich, sondern für mich. Die gibst du mir hinterher im Wagen, und zwar ohne dass ich erst fragen muss.«

Als ich frisch geduscht von meinem ersten Freier wieder zur Hotelbar zurückkehrte, wartete Leon bereits auf mich.

FRAUENTAUSCH

Ich gab ihm die vereinbarten 500 €, behielt aber das Trinkgeld des Freiers für mich. Obwohl noch etwas Zeit war, machte sich Leon sogleich auf den Rückweg zur Parkplatzübergabe.

Zu meiner Überraschung hielt er jedoch bereits auf einem deutlich davor gelegenen Parkplatz an. Nachdem der Wagen in einer sehr dunklen Parkbucht zum Stehen gekommen war, schaltete Leon das Licht aus und aktivierte die Türverriegelung. Wir waren weit und breit die einzigen Gäste.

»So Mutti, zwei Dinge zu dir. Erstens: Wo ist das Trinkgeld?«

Mit beiden Händen machte er sich daran, meinen Mund zu öffnen, denn er vermutete die Scheine dort, doch ich stoppte ihn sofort.

»Halt Leon, ich bekam zusätzlich noch 50 € Trinkgeld von ihm, und die stecken in der Innentasche meines Mantels. Ich wusste nicht, dass du die ebenfalls haben wolltest.«

»Du bist ein rechtloses Geschöpf, folglich steht mir alles zu. So schwer kann das doch nicht sein, oder? Nun mach trotzdem den Mund auf. Schließlich könnten da drinnen noch weitere Scheinchen sein, von denen du mir nichts erzählen willst.«

Artig ließ ich ihn meinen Mund inspizieren.

»Okay, aber nun zur zweiten Sache. Ich gebe deinem Mann doch keine geduschte und unbesamte Frau zurück. Ich doch nicht! Während ich schon mal die Sitze zurücklege, ziehst du den Mantel aus. Anschließend machst du die Beine zum Ficken breit, damit ich dir noch ein- oder zweimal in die Fotze spritzen kann. Immerhin kriegt er dich dann wirklich frisch besamt zurück. Hat ja auch was für sich.«

Auf dem Nachhauseweg sprachen Wolfgang und ich lange Zeit kein einziges Wort. Doch irgendwann fand seine Hand schließlich ihren Weg zwischen meine beiden Schenkel. Ich ließ ihn freudig gewähren. »Lass uns zu Hause gleich ins Bett gehen. Und bitte, dusch dich vorher nicht« waren seine Worte.

Wir lagen noch stundenlang eng umschlungen beieinander. Er wollte alles hören, wirklich alles, auch das kleinste Detail. Ich weiß nicht mehr genau, wie oft es war, aber er nahm mich in dieser Nacht bestimmt noch viermal, und zwar jeweils dort, wo die anderen Männer zuvor in mir waren.

Von seinen eigenen Erlebnissen erzählte er nur wenig, was mir auch durchaus recht war, denn so genau wollte gar nicht wissen, was er alles mit der Schlampe angestellt hatte. Aber angeblich wäre er die ganze Zeit mit seinen Gefühlen und Gedanken ohnehin nur bei mir gewesen, wie er behauptete.

Seit unserem allerersten Frauentausch ist die Sache für uns zu einem festen Bestandteil unseres Lebens geworden. Wir tauschen meist zweimal die Woche, wobei ich dann fast immer für Leon anschaffen gehen muss. Ich bin darin wohl mittlerweile auch ziemlich gut, zumal ich längst einige Stammkunden besitze. Und so meinte er denn unlängst auch zu mir: »Wer hätte das gedacht, dass Mutti mal mein bestes Pferdchen im Stall sein würde? Zur Belohnung bekommst du gleich noch eine Extraladung von mir, das magst du doch so sehr, oder?« Ach, wenn er bloß wüsste, wie sehr.

Momentan hat er vor, aus mir eine reife Gangbang-Stute zu machen. Dazu müsste ich aber zunächst noch härter von ihm zugeritten werden, wie er sich ausdrückte. Wenn er mich so weit hat, dann wollen wir einmal ein ganzes Wochenende tauschen. Ein wenig freue ich mich schon darauf. Auch liebe ich es mittlerweile, wenn er Dinge sagt, wie »Mutti, nun mach mal für uns die Beine breit«.

Doch das Allerschönste ist, wenn ich danach wieder eng umschlungen mit meinem Mann zusammenliege, ihm von meinen Erlebnissen erzähle und von ihm genommen werde. Am liebsten würde er wohl all das mit mir noch einmal tun, was die anderen zuvor mit mir angestellt hatten. Allerdings ein ganzes Stück intensiver als sie.

Unlängst meinte mein Mann, ich sei mittlerweile viel selbstbewusster und fröhlicher als noch ein Jahr zuvor. Und so fühle ich mich auch. Ich gehe inzwischen sogar richtig gerne für Leon anschaffen. Früher dachte ich stets, wenn Männer für Frauen zahlen, behandelten sie sie wie eine Ware, wie ein Stück

FRAUENTAUSCH

Fleisch. Von der Sorte habe ich zwar auch einen Kunden, alle anderen sind mir gegenüber jedoch sehr höflich und zuvorkommend. Wir führen zum Teil sogar ausgesprochen gute Gespräche. Zwei Freier würde ich mittlerweile zu meinen besten Freunden zählen. Wenn es nach mir ginge, müsste von denen keiner auch nur einen einzigen Cent zahlen. Wenn Leon mir nach unserem Tausch sagt, dieser oder jener hätte mich für den heutigen Abend gebucht, bin ich innerlich bereits total aufgedreht. Überhaupt beschäftige ich mich nun ganz oft damit, mich für die Männer schön zu machen. Ich gehe dann einkaufen und suche mir etwas zum Anziehen aus, das ich bei Leon anbehalten darf und ihnen gefallen könnte. Vor zwei Wochen wollte mich sogar einer der Anwälte meiner Kanzlei zum Abendessen einladen. Offenbar wirke ich jetzt auch auf andere viel begehrenswerter. Natürlich habe ich sogleich abgelehnt, schließlich bin ich eine verheiratete Frau.

Neulich fragte ich meinen Mann, was passieren würde, wenn Leon irgendwann die Lust an mir verlieren würde. Er meinte zwar, das könnte er sich überhaupt nicht vorstellen, solange er mit mir so viel Kohle verdienen würde, ich habe dennoch nicht locker gelassen. Er wollte dann natürlich von mir wissen, was ich in dem Fall ganz besonders vermissen würde, und da habe ich es ihm gesagt: dass ich für ihn anschaffen gehe. Er hat gelacht und gemeint, wenn es nur das wäre, könnte ich es auch bei ihm haben. Dann müsste ich halt für ihn auf den Strich gehen. Über das Internet könnte er mir reichlich Kunden besorgen. Das hat mich wieder etwas beruhigt. Von den beiden Freiern, die schon jetzt zu meinen Freunden zählen, besitze ich ohnehin die Telefonnummer. Ich musste sie im Kopf behalten, denn eine Visitenkarte darf ich nicht an mich nehmen. Leon filzt mich hinterher noch immer sehr gründlich, möglicherweise um genau so etwas zu verhindern. Ich muss mich dann immer ganz ausziehen, sodass er meine Kleidung in aller Ruhe inspizieren kann. Na ja, viel habe ich meist sowieso nicht an. Dann geht er mir durch die Haare, den Mund und durch meine beiden anderen Öffnungen sowieso. Ich vermute jedoch, der ist eher nach verstecktem Trinkgeld unterwegs als nach irgendwelchen Visitenkarten.

Mit Leon würde ich aber noch etwas ganz anderes vermissen, und auch darüber habe ich mit meinem Mann bereits gesprochen. Ich erzählte ihm nämlich, dass ich manchmal eine sehr unartige Hure sei und nicht das tun würde, was er von mir verlangte. Leon würde mich dann stets wieder sehr schnell auf den rechten Weg zurückbringen. Ich fragte ihn, ob er dazu ebenfalls in der Lage sei. Er war sich in dem Punkt jedoch nicht sicher und meinte, ich müsste ihm dann eine ausreichend lange Lernzeit zugestehen. Die soll er meinetwegen haben. Verzichten möchte ich darauf auf keinen Fall mehr.

Wenn ich abends im Bett liege und noch meinen Fantasien nachgehe, träume ich manchmal davon, Gefangene eines Zuhälters zu sein, der meinen Freiern nur meine Möse und meinen Mund verkauft, nicht jedoch meinen Hintereingang. Der wäre nämlich exklusiv für ihn, während ihn meine anderen Öffnungen erst gar nicht interessierten, da ich – so seine Worte – es sowieso nicht wert sei, in die Muschi gefickt zu werden, allerhöchstens um damit Geld herbeizuschaffen. Ob ich das meinem Mann jemals erklären könnte?

Die Fantasien haben sehr viel mit einem ziemlich schwierigen Freier zu tun, den ich bereits flüchtig erwähnte. Der ist nämlich total auf Analsex fixiert, alles andere interessiert ihn nicht. Dafür will er den jedoch richtig lange haben. Er redet zwar die ganze Zeit dabei auf mich ein, umgekehrt darf ich jedoch kaum jemals ein Wort zu ihm sagen. Wenn ich es versuchte, wäre das mit schmerzhaften Konsequenzen für mich verbunden, wie er mir in eiskaltem Ton eröffnete.

Beim ersten Mal war er sehr brutal. Er bearbeitete mich rücksichtslos, wie er sich ausdrückte. Irgendwann konnte ich es kaum mehr ertragen und flennte ganz schön los. Man kann sich kaum vorstellen, wie er mich hinterher bei Leon abgekanzelt hat. Leon meinte nur, mein Fehlverhalten hätte noch erhebliche Konsequenzen für mich, denn beim nächsten Mal würde es ganz anders laufen. Zunächst dachte ich mir überhaupt nichts dabei, denn warum sollte es ein nächstes Mal geben? Der Typ war doch offensichtlich nicht mit mir zufrieden. Wie man sich doch täuschen kann, anscheinend hatte ihn meine Verzweiflung erst recht geil gemacht.

FRAUENTAUSCH

Jedenfalls eröffnete mir Leon wenige Wochen später, dass ich am Abend erneut von meinem brutalen Anal-Lover gebucht worden sei. Damit es aber diesmal besser als beim letzten Mal liefe, würde er mich zunächst ein wenig auf ihn vorbereiten. Ich musste mich ausziehen und bei ihm mit gespreizten Beinen auf das Bett legen. Dann wurde ich gefesselt und zusätzlich geknebelt. Anschließend schlug er mich mit einer flachen Peitsche sehr fest zwischen meine Beine. Es tat wahnsinnig weh und ich musste sehr stark heulen.

Im Anschluss daran meinte er zu mir, ich sollte mich nicht so anstellen. Ich hätte beim letzten Mal bei einem wichtigen Kunden versagt. Damit das jedoch nicht wieder passiere, müsse er mich vorher entsprechend gefügig machen. Ich hätte es nicht anders verdient.

Als der Typ schließlich meine geschwollenen Schamlippen sah, äußerte er sich sogleich sehr lobend über mich und murmelte irgendwas von »so müsse es sein«. Und in der Tat war ich nun viel viel aufnahmefähiger für ihn. Ich war innerlich verletzt und ließ ihn widerstandslos gewähren. Im Grunde war es mir völlig egal, was er an dem Abend mit mir vorhatte. Allerdings ging es irgendwann dann trotzdem nicht mehr, und ich begann erneut zu heulen. Mir war sofort klar, dass er mich dafür erneut bei Leon anschwärzen würde und ihm damit die Legitimation gab, mich beim nächsten Mal noch gründlicher auf ihn vorzubereiten.

Manchmal denke ich, wir Frauen sind irgendwie total bescheuert. Zumindest ich bin es. Ich werde wohl mein ganzes Leben lang ein kleines Mädchen bleiben, das noch immer seinen Kindheitsträumen nachhängt, und sich weigert, erwachsen zu werden. Wenn mir Leon wieder einmal eröffnet, der brutale Typ wolle mich gleich haben, dann ziehe ich mich sogleich wortlos und widerstandslos aus, lege mich aufs Bett, schließe die Augen, lege die Handballen darauf, spreize die Beine und lasse ihn machen. Fesseln muss er mich nicht mehr.

Danach heule ich zwar noch für mindestens eine halbe Stunde, hauptsächlich jedoch aufgrund der körperlichen und seelischen Schmerzen, die er mir zugefügt hat. Erstaunlicherweise ist er dann meist sehr zärtlich zu mir, legt eine Hand auf meinen Bauch, die andere unter meinen Po, oder streichelt meine Brüste und Knospen, gibt mir sanfte Küsse, beißt mir ins Ohrläppchen. Einmal gelang es mir, ihn beim Peitschen durch meine fast geschlossenen Hände hindurch zu beobachten. Da waren sehr viel Lust und Freude in seinen Augen, die mir richtig Angst machten. Mir wurde in dem Augenblick klar, dass er mir die Schmerzen gerne zufügt und sein Peitschen genießt. Er weiß offenbar ganz genau, was er mit mir anstellt, und wie ich anschließend darunter leide, und zwar nicht nur für ein paar Minuten, sondern gegebenenfalls tagelang. Es ist wohl das Gefühl der Macht über mich, das ihm etwas gibt: »Ich schlage sie zwischen ihre Beine, und sie muss das alles für mich ertragen. Weil ich es so will.« Ich glaube, er herrscht sehr gerne über uns Frauen. Bei seiner Schlampe dürfte das nicht sehr viel anders sein. Obwohl ich mir ziemlich sicher bin, dass er es bei mir mehr genießt als bei ihr, allein schon, weil ich so viel älter bin als er. Einer fünfundzwanzig Jahre älteren und gestandenen Frau die Muschi zu peitschen und sie sich gefügig zu machen, dürfte ihn garantiert viel mehr reizen, als es bei seiner jungen Schlampe zu tun. Ich befinde mich deshalb längst in einem heimlichen Wettkampf mit ihr. Es liegt mir sehr viel daran, ihm gefügiger zu sein als sie ihm.

Einmal sprach ich ihn direkt auf seinen Sadismus an, doch er grinste nur breit zurück. Dann meinte er, ich sollte mich nicht so anstellen, seine Frau hätte durch das Gleiche hindurchgemusst, denn sie sei ebenfalls schon recht häufig bei dem Kunden gewesen. Schließlich erzählte er mir von einem heimlichen Traum, den er manchmal habe: Uns beide direkt nebeneinanderzulegen und zwischen die Beine zu peitschen. Nicht so wie für den Freier, sondern noch ein ganzes Stück härter. Danach dürften wir uns beide gemeinsam trösten. Oder er würde mit uns einkaufen gehen und uns beiden beim Leiden zusehen.

Es hört sich vielleicht blöde an, aber für mich darf er das alles. Ich stelle mir dann vor, ich sei eine kleine 16-Jährige, die von einem brutalen und ihr körperlich überlegenen Zuhälter gefügig gemacht wird, um von anderen gegen Geld vergewaltigt zu werden. Und so bin ich dann auch, wie in einem Märchen, das ich mir selbst ausgedacht habe. Nach den Peitschenhieben bin ich ihm total hörig, lasse alles mit mir geschehen, bin fast wie in Trance. Vielleicht sind es die Schmerzen, die Kraftlosigkeit nach den Schlägen, seine plötzliche Zuwendung, vielleicht ist es aber auch die Schmach, so sehr gezüchtigt worden zu sein. Ich fühle mich dann stets wahnsinnig erschöpft und besitze kaum noch Spannung in meinen Muskeln. Manchmal befürchte ich, ich könnte ganz einfach so sein. Wer mich züchtigt und mir Schmerzen zufügt und danach wieder ganz zärtlich und liebevoll zu mir ist, dem verfalle ich. Dem schenke ich mich mit Haut und Haaren. Dem werde ich hörig.

Ist das nicht irre? Ich meine, ich könnte glatt seine Mutter sein, und dennoch darf er das! Wenn sie von so etwas im Fernsehen berichteten, würde ich mich total aufregen. Und was mache ich? Ich mache es freiwillig, nur um meine Kleinmädchen-Träume auszuleben ...

Wenn ich mal wieder bei meinem speziellen Freier bin, ziehe ich mich sogleich aus und lege mich mit dem Bauch aufs Bett, die Beine leicht gespreizt und den Oberkörper auf meine Unterarme gestützt. Das hat er besonders gerne, da er mir dann beim Ficken gleichzeitig an die Titten gehen kann. Oder er will nur sehen und spüren, wie sie unter seinen kräftigen Stößen schaukeln.

Meist macht er zu Beginn noch eine spöttische Bemerkung über meine malträtierten Schamlippen, doch gleich darauf legt er bereits los, beim letzten Mal fast zwei Stunden lang am Stück. Ich glaube, ohne Leons Vorbereitung könnte ich das nicht ertragen.

Und ohne Wolfgang – meinen Ritter – schon gar nicht. Manchmal liege ich nach solchen Tagen noch stundenlang und wie ein Schlosshund heulend in seinen Armen. Auch tut er mir dann leid, denn an Ficken ist in den nächsten zwei oder drei Tagen nicht mehr zu denken, weder in meiner Muschi noch in meinem Po, obwohl ich seine Lust ganz deutlich spüren kann. Aber er ist dennoch immer ganz unsagbar lieb und zärtlich zu mir. Er will dann von mir noch nicht einmal einen geblasen oder es mit der Hand gemacht bekommen. Da versteh einer die Männer!

Einmal fragte ich ihn, ob er bei Leons Schlampe auch sein Revier markieren würde, oder wie man das sonst bezeichnen könnte? Er ließ mich jedoch energisch abblitzen. Erstens sei Susanne keine Schlampe, sondern ein ausgesprochen nettes Mädchen, so seine Worte, und wenn ich noch einmal so über sie herzöge, würde er mit Leon einen gemeinsamen Herrenabend vereinbaren, an dem wir beide ihnen etwas vorzuführen hätten, zum Beispiel uns gegenseitig die Muschis zu lecken. Im Anschluss daran wären wir bestimmt die besten Freundinnen. Und zweitens würde das höchstens die Konkurrenz zwischen Leon und ihm anstacheln. Am Ende ginge es nur noch darum, wer sich wessen Frau länger aneignen kann. Das wäre jedoch ganz gewiss nicht sein Spiel. Vielleicht wäre es meins, seins jedenfalls nicht, fügte er noch an.

Morgen tauschen wir wieder. Ich freue mich schon riesig darauf, ganz gleich, was diesmal passiert.

ÜBER DIE AUTORIN

Kiara Singer wurde 1978 in Bonn geboren. Seit 1997 lebt die freie Journalistin und Schriftstellerin in Frankfurt am Main.